U0050710

DREAMAKERS PRESENT

廟街有殭屍

ZOMBIES IN TEMPLE STREET

西樓月如鈎

序

是人是殭屍，只是一線之差。

如果可以長生不老，你願意嗎？

如果可以沒有苦痛，你願意嗎？

如果可以沒有疾病，你願意嗎？

以上的答案，似乎答願意也沒有什麼問題，而且還應該答願意。

但如果是成為一隻長生不老、沒有苦痛、沒有疾病的殭屍呢？

殭屍，擁有比人更進化的身體，但代價是失去自由，你願意嗎？

廟街有殭屍是一個故事，不過現實比故事更荒謬。

在這個年代，實在說不出什麼話，只好用故事來說話。

香港是有殭屍的。

西樓月如鈎
2021 年 6 月 21 日   05

目　錄

序章

是咁的，我叫韓壬辰，22 歲，任職殮房助理。

故事由我的工作開始。

在人人畢業等於失業的年代，我也不例外，寄出無數份履歷全都石沉大海，毫無回音。

唯獨一份工。

對，就是殮房助理。

雖然我自小就百無禁忌，不信怪神亂力之說，但說實話，我也怕做殮房將來會受人歧視。但幾番思量後，覺得最惡就是窮鬼，因此便馬死落地行，毅然接受 Offer。

入職之後，上了一大輪部門訓練課程弄得頭昏腦脹，我就給差配到葵涌的公眾殮房。

香港的殮房大致分為兩個系統，一個是在醫院殮房，由於法律問題，香港大部分人都是在醫院過世，會有醫生簽發的死因證明書，屬「正常死亡」。而能送到公眾殮房的，大多是「不正常死亡」，意外或謀殺或死因不明的，

需要法醫調查就會送到公眾殮房，所以你能想像在這裏的屍體會是怎樣好看。

「葵殮」的燈光幽暗，格局殘破，牆壁殘黃，還彌漫着一陣陣腐爛的屍臭味，每日我都要接觸那些因撞車或跳樓而不成人形的「肉餅」、「肉醬」，頭一個星期我經常胃部翻滾，可是剛入職，沒理由馬上辭職，而且為人工我也得捱下去。

正式上班的第一日，殮房的同事已警告我，千萬不可以讓黑貓進入殮房，這是殮房第一大忌。

「點解？因為大家好鍾意貓？」我問。

「你用個死人腦諗下會唔會係咁啦！」殮房同事沒好氣地説。

「點解唯獨係貓？唔係狗？唔係蚯蚓？點解係黑色？唔係白色、紅色？」我再問。

「唉吔，你唔好問咁多啦。」

雖然不知其然，但人家説什麼就什麼啦，我不再多想，照樣遵守便是。

每一天,我的工作就是不停接收屍體,放入櫃、出櫃,叫家人認屍。重重複複,每日如是,輪迴不斷,我以為自己未來四十年的人生都會這樣過。

直至一個多星期前,一具屍體運來葵殯改變了一切,包括我的命運,也讓我遇上她。

那是一具百多歲老年人的屍體,老人家能過百歲也是少見,而且身上沒有什麼傷口,可能內藏衰竭吧,畢竟都一把年紀,外表在眾屍體之中算是「靚靚仔仔」。

「你覺唔覺佢啲指甲有啲長。」將屍體放入屍袋和雪櫃時,我問同事。

它的指甲瘀黑且尖銳,長了三吋,比平常人多一個手指位。

「縮水啫,你新嚟唔知,呢啲係正常屍變現象。」比我多十幾年的經驗前輩說。

「喔……」但我見平常屍體縮水亦不會長得這麼誇張。

因他是前輩,我也沒有多想,直接將它放入雪櫃。

隔了好幾天,幾個駐守的同事都說雪櫃時不時傳出奇怪的聲音,但前輩說可能是冷氣機房的問題。

「冷氣機舊啫，咪鬼自己嚇自己啦。」說罷，他又摸一摸頸上的佛牌，顯然有點緊張。

這個問題，等到幾天後便爆發得一發不可收拾，我之後會再講。

話說我任職後就搬出屋企，一來家人嫌棄，二來我也想獨立。

畢竟薪金不多，只能在油尖旺區找住處，本來預算是萬多左右，最終找到一間7千蚊的，不過是跟人同居，位於廟街的一幢唐樓，千幾尺的單位分成四戶，共用廁所、廚房。

這幢唐樓龍蛇混雜，吸毒、賣淫、洗黑錢、買兇殺人，你想像到的地下產業都盡在此處，經常會在大樓看見躺在地上、失去呼吸的白粉友，或是一個平頭裝中年大叔拖着四個打扮得花枝招展的妓女上樓，因一樓就是青樓。

但勝在我住的單位是高層，景觀開揚且風景不錯，能眺望公園，因此我沒有多想便租下。

第一日搬進新屋，我就結識到 AV 仁——我的鄰房。他是一個短髮的眼鏡男，正正常常，我一進屋就聽見極大聲的呻吟聲，他一見到我就關掉房間的 AV，熱情地跟我握手，不知道是不是錯覺，我覺得手是黏黏黐黐。

「叫我阿仁得啦，點稱呼？」AV 仁説。

「韓壬辰，你……住咗喺度好耐啦？」

「幾年咁啫哈哈，」他隨手在桌面拿起一盒 AV 問：「啱？」

「我唔使啦……」

他目光一斜，露出奸狡的眼神，食指搖晃説：「喔，鬼馬啦，GV ？」

「我唔睇，平時睇開四書五經。」

「真定假？」

「真係假。」

「哈哈。」他笑説：「我鍾意你。」

一進門口左面是我跟 AV 仁的兩間房，穿過一條長走廊，盡頭就是浴室和另外兩間房。（奇怪是我們的廁所跟浴室是分開）

「呢度另一房客就係呂嬸同佢個女，佢個女都十幾歲啦，學生妹，幾靚女㗎，不過聽聞佢係做 PTGF。」AV 仁指着浴室左面的房間説。

「喔。」鄰居的八卦事我沒有什麼興趣。

「跟住仲有另一個女仔住喺度⋯⋯嗯⋯⋯我都唔知點形容佢。」AV 仁説。

「唔知點形容？」

「你有無見過仙女？」

「咁我又無。」

「佢就好似仙女咁靚，係我見過最靚嘅人，不過講古怪，佢應該係最古怪嗰個，比呂嬸一家仲怪，佢喺廟街有開檔算命。」

「喔⋯⋯」我沿房窗偷瞄室內，只見暗黑的房間裏，貼滿不同的符咒，一道道黃符寫滿鬼劃符的咒文。

我搖搖頭，再漂亮的女生是一個騙子或是精神病人也沒有意思。

「如果有咩仲想知就搵我啦，我喺房咋⋯⋯不過你知啦，最好敲敲門先⋯⋯男人嘛。」AV 仁説道。

「好啊，唔該你。」

「仲有呀，提醒你一句，半夜就唔好亂落街啦，廟街『好雜㗎』。」他臨關上房門前，意味深長地説：**「如果天黑有人叫你個名，千祈唔好應。」**

「吓？」

我未來得及反應，房門已經關上。

接連幾天，我如常的上班下班，都沒有機會遇見其餘兩戶人，漸漸地把 AV 仁的説話拋在腦後。

直到幾天後，如常的上班日，臨近殮房閉門的晚上，一群件工來「車走」，即是將遺體運回殯儀館，照道理他們不會這麼遲，大多運送遺體的時間都集中在早上八、九點或中午一點後，但這天他們來得有點晚。

「院出？」我問件工。

「車走，返館。」。

「咁夜？」

「我哋都唔想㗎，中間塞車搞好耐。」

同事們都已下班，餘下我一個人接待他們。推開那道殘舊的橙色閘門，讓他們領屍後，我就把後門打開，方便一會棺木運上靈車。

那日天空灰朦如鉛，下着滂沱大雨，傾盆而瀉，仿佛整個天空都要崩塌下來。

「係咪有啲咩唔好嘅事要發生？」我心想。

隔了數秒後，我再笑自己多疑。

「份工咁悶，我都想自己人生可以精彩啲，遇到怪事都唔錯，起碼唔使對住啲屍體咁沉悶。」

就在這時，我隱約聽到一聲貓叫。

葵殯近山，背靠葵涌公園及葵涌火葬場，荒山野嶺之地有流浪貓也不足為奇，我沒有多為意，趕緊回去讓家人領屍。

我忘記了，他們説殯房第一大忌是不能讓黑貓內進。

到家人領屍時，我一打開屍袋，眾人都吃了一驚。

那陣腐氣濃重，經驗豐厚的仵工也捱不住它的臭味，紛紛作嘔吐狀，急忙掩面，家人更是完全受不了。

「唔係佢嚟！」他們嚎哭道。

它的眼睛拼死睜大，像死不瞑目。

在我們這行，屍體變化極大，家人出現 Surreal 的感覺是正常的，因為人生前跟死後的樣子實在是不同，這方面大家可要有心理準備。

家人領屍後，因為傷心過度不忍再留就徐徐離去，剩下仵工在停屍間替先人換衫。

認屍時，屍袋只會開至頭部讓家人認領，認完即走，然後屍體會推進停屍間讓仵工妝整，但一打開整個屍袋，剛才的仵工便嚇得目瞪口呆。

它髮長及肩，指甲長得如彎月扭曲，絕對不是人類的長度，深啡色的屍水不斷湧流，沾濕整具遺體，腹肚呈腐綠色。肚是最先腐爛是正常，但不正常是腐壞的速度。

對仵工來說，這是非常棘手的案件，他們質問：「你頭先又話只係放咗一個星期？」

「真係一個星期呀……」我如實回答。

「一星期點會咁呀？腐得咁快？恐怖到成隻怪物咁，嘩⋯⋯」他們禁不住雙手掩面，説：「黐線⋯⋯好臭。」

他們當中好些人都有十數年殯儀經驗，閱屍無數，卻對這具遺體難以忍耐。

「咁我都唔知㗎。」我無奈地道。

「唉好麻煩。」他們發怨言。

他們戴上手套，七手八腳替屍體換衫，希望快快了事。

深啡色的屍水急速從深紫色的皮膚滲出，如破爛海綿漏水般，滲出陣陣惡臭味，噁心至極。

「黐馳線⋯⋯有無咁多水呀？」一個身型如胖虎的MK 件工皺眉道。

「紙巾紙巾！」另一個哨牙、面似老鼠的件工説。

「點解仲會係咁流㗎！」肥 MK 件工説。

「隔住啲水呀！」老鼠件工説。

屍水源源不絕地湧出，沒有間斷，像在屍體身上現出一個噴泉，怪異可怕。

「你哋出去……拎煙……」仵工大佬説。

他們口中的煙是香，肥 MK 聞言便出去，殮房的後欄是上香處，專供院出（即由殮房直到火葬場，沒有喪禮儀式）的家人使用。有時，他們會相信是得罪什麼，才會如此麻煩，因此上香拜拜，有助解決麻煩。

上完香後，他們繼續開工，想馬上了事。在入殮禮時，一個仵工一時滑手，整具屍體跌回牀上，屍水四濺，剛好濺中我的嘴，一陣極噁心的苦味，我忍不住立即奔出停屍間，往洗手盆嘔吐。

「Sorry 呀。」他們嘲笑道，是故意報復我。

我轉頭瞪了他們一眼，本想爭論，不過覺得他們生氣也有原因，便沒有再理會。

大量灌水洗刷，大概洗了十多分鐘，我還是有心理陰影，覺得仍有氣味殘餘在我的嘴唇，心裏覺得噁心，便往殮房外面買一枝飲品。

但當來到飲品機前，我忽覺頭暈，一陣天旋地轉，竟然在機前的長椅迷迷糊糊的睡了起來，不知多久後才睡醒過來。

死寂。

殮房死寂。

咦，大腿陣痛，但非常輕微。

當我回到停屍間，發現人去樓空，仵工們已不在。

「咁快走咗？」

什麼味道？

空氣夾雜一種從未聞過的惡臭血腥味，比剛才的屍體有過之而無不及。

棺木仍在停屍間，移屍車停在側旁，靈柩裏沒有屍。

後門是打開的，靈車的引擎在空轉，車上沒有人。

「喀噠。」

我聽到雪櫃有一氣息，便緩步過去，但見藏屍櫃的雪房，裏面的雪櫃蓋竟全開了，我急忙上前查看，發現裏面的屍體全部消失不見，不知去向！

「噠。」

序章

我走前一步，發現腳上正踏着什麼軟軟的東西，低頭一看，原來地下有一大攤深紅色的血水。

細心一看，那軟軟的東西，似是圓形牛肉，一摸，還是溫熱，先慢着……

這觸感……

我打了一個冷顫，寒意急湧後腦，全身血管都擴張十倍，一股前所未有的危機感浮現。

這是人體的組織。

燈光不足下，我花了一段時間，終於看清是人的心臟。

我大感駭異，沿地下的四周觀察，方知地面散滿一地腸子、胃、牙、大腦，像人間地獄。

胃部一陣熾熱感傳出，我忍不住嘔了出來。

嘔吐一段時間，感到好一點後，我知道事情不妙了。

現在，我整個人空白一片，全部屍體不見，作為助理，該當何罪？

六神無主之下，我呆在殮房不知所措，要告訴人嗎？還是不要告訴人？時間像過了幾個世紀，我不知怎樣無意識的由荃灣步行回到廟街。

肚傳來強烈的肌餓感，這時我才發現自己仍未吃晚飯，什麼都未落肚，雖然必定被炒，但人總要吃飯，此時廟街熱鬧哄哄，車水馬龍，人流旺盛，叫喊聲不絕，我隨便找了屋企樓下的一間茶室，打算醫醫肚，該店也是高朋滿座，我好不容易找到一個卡位，跟三個陌生人搭枱，他們正低頭吃飯。

「要咩？」店員問。

「乾炒牛河、凍檸茶……」我說。

「好。」

全身累透的我，腦海還是幻想着明天高層會怎樣懲罰我，要知道遺失一具屍體是十分嚴重的事，更何況是整間殮房的屍體，就算政府不要我的命，屍體的家人亦會殺了我。

我望一望錶，原來已經是凌晨三時有多，這裏卻不減熱鬧，繁忙多人。

我心頭一轉，覺得奇怪。

「老闆，今日咁夜仲咁滿座呀？」我問。

老闆聽到這一句，臉色一沉，四周吵鬧的聲音劃然變得安靜，世界仿如停止。

我用餘光一掃，發現全世界正瞪着我，眼神詭異，好像我問了一道不該問的問題。

情急之下，我補了一句：「我指外賣……」

「喔……好生意啫。」老闆本來繃緊的臉回復正常，笑笑口說。

他們聽到這句，各自繼續低頭吃飯或聊天。

這間茶座的燈光是六十年代香港舊式茶樓的風格，燈光通明，可以投射到每一個角落。

我心中打了一個大冷顫，不經意地留意到，這間茶座的人，只有我一個有影子。

我偷偷瞄向其他人，他們正在吃的不是什麼，原來是元寶蠟燭，且津津有味，嚇得我膽顫心驚。

「咳……咳……老闆我都係唔食啦，錢喺度。」我放下錢，跌在地下也不管，急急忙忙地離開店舖。

凌晨半夜的廟街，仍是車水馬龍，跟日頭沒有半點分別，甚至更勝繁華。

只不過這種繁華有一種陰氣，我說不出的詭異在當中，應該說是違和感，每個人的面容都是蒼白無色，細看之下，各個店舖賣的正是鬼頭水、鬼義肢、元寶蠟燭……

一個充滿鬼的市場。

前檔有人叫着：「先生，要唔要開返張冥通 Cash Dollar 白金卡或者買份保險，而家大家燒多咗錢，變相 QE，係要投資保值。」

「唔使……唔使啦。」我揮揮手說道。

穿過小巷時，我聽到一把陌生的聲音說：「**韓壬辰……韓壬辰……**」

那把聲**如怨如慕**，好像淒怨的婦人一樣。

我不敢回頭，想起 AV 仁所講，千萬不要在夜晚回應他人，我便閉口不應，只是我的手在不斷抖震。

四周的空氣變得薄弱，我的心快要跳出來，頭也不回奔到自己的家，關門，抖了幾口大氣。

呼。安全。

黑漆的家內，AV仁不在……唯有走廊最尾的一戶亮燈，正是那個仙女的房間。

「咁夜仲未瞓？」我心裏暗説：「都好，有個人陪安心啲。」

我一想起剛才的怪異事件，又再打了一個冷顫，葵㲁、廟街……今天的怪事可真多，不要再想了，我到浴室洗去一身塵污後，就打算回房睡覺。

經過她的房間時，聞到一陣檀香味，芬芳馥郁。

「叮噹。」

門鐘響起。

正想開門時，想起這時凌晨四時多，有誰會上門拜訪？我沒有朋友知道我新居的地址，但如果是其他住戶的朋友呢？但這也不合常理，沒有人會在這個時間探訪。

我透過防盜鏡望了一眼，門外站在的，不是別人……

是今天失蹤的其中一個肥 MK 仔工。

我冷汗盡冒，今天失蹤的仵工怎麼會在外面？他是不可能知道我的住址。

「叮噹！」

他按下第二次門鈴，響得我心慌抖顫，我細心地望，發現他的面色蒼白，頸上有兩個牙印……異常明顯。

「死啦……死啦……」

除了未知他是什麼，還不知怎應對。

我清了清喉嚨，問：「咳……邊……邊位？」

「韓生，你漏咗嘢呀，我嚟畀返你。」他的語調平淡如水，沒有高低音，死氣沉沉。

「唔使啦……哈哈，第二日先啦，或者你要咗佢我都可以聽日要返。」我說得語無倫次，不知自己在說什麼。

「要㗎，你開門先啦，你開門我就畀返你，好快㗎咋。」

「唔啦，太夜啦，你都早啲返去，我唔需要。」

「無事㗎，你開門啦，你開門啦。」

我再用防盜鏡往外觀看，只望到白色一片，過了一秒，那片白色漸小，才知道原來是他的眼睛，他正用防盜鏡偷看我。

他的眼珠，不，是他只有眼白，沒有眼珠。

不，也不是，是他的眼睛是白色的。

「唔要啦……」我的聲音已震得不能自我，也禁不住身體的抖震。

「救命，到底佢係咩怪物！」

「嚓！」

倏然一下巨響！門，被刮出一條大大的裂縫。「嚓、嚓、嚓」幾聲下來，又出現多幾條裂縫，成了破口。

發神經，什麼人能用指甲刮破一道木門？

牠隔住裂縫，探手進來，一下捉住我的小腿，牠的手指破爛，血肉淋淋，只感到一陣寒氣傳來，這種質感不是活體的觸感，而是屍體，死去的人的肉體才是這種，上任一段長時間的我不可能認錯。

牠笑了，笑容怪異，不似正常人類，說：「捉到你啦韓生。」

腳被牠抓得疼痛，走又走不了，正當我快要急死之際，她出現了。

走廊盡頭最後一戶住客。

她一臉不耐煩的面孔，仿佛外面站着的是一隻毫無殺傷力的可愛美國短毛貓，不慌不忙拿出黃符貼在門上。

「退開。」她說。

符字閃過一陣紅光，本來牠捉住我的枯手嘎然斷開，只餘下手掌仍抓住我的小腿。

「哇哇哇！」我慌忙把斷手扔開。

「好嘈，收聲。」她皺眉道。

抬頭細看，她比我想像中年輕，大概只有二十多歲，肌如白雪，眼若水瀅，唇紅似胭，七三面角度頗似 Super Girl 的陳穎欣。

確實宛如一位仙女，她身穿白衫短裙，但身材如普通港女，平胸長腿型。

「八婆⋯⋯」牠在外面憤叫，斷手對牠來説毫不在乎，沒有感覺一般。

「黐線，究竟佢係咩嚟？」

她緩緩道出一個我這生常聽，但從沒想過遇到的名詞：

「殭屍。」

殭屍？生化危機那種？

不，那些好像是喪屍。

「一種身體比人類更進步，但無自由意志嘅怪物。」她説。

牠想再衝入來，貼上符的門像是有一重無形的隔膜，牠一碰便立即被彈開。

「你想收咗佢？」

「吓？」

「我嘅收費係每小時 $2000。」她遞上自己的卡片。

只見白色的卡片上，印有「南門蔚」。

「好⋯⋯好⋯⋯好，點都好，麻煩妳即刻收咗佢⋯⋯」
這個時刻我沒有想太多，只想解決眼前的殭屍。

「唔好後悔。」她警告我。

「吓？點解後悔？」

她打開門，牠早已急不及待，張開獠牙撲向我們。她
不慌不亂地掏出一條紫線，其線細幼如縫衣線，拉開，嚯
的一聲套向牠的頸項，牠來不及反應，已被她瞬間圍了三
幾個圈，牢牢地綁住牠的頸。

被綁住的牠極欲掙扎，連連向她揮爪，但她的身手敏
捷，裙擺如輕舞，牠的爪每每落空。

「記住，殭屍牙係最恐怖嘅武器，即使口氣都帶有屍
毒，屍毒入體就無人救到你，只會變成佢哋同類，所以第
一步要封口。」她說。

她的紫線向上一扯，再包，頓時牠的嘴被線封得密不
透風，完全不能張開獠牙。

「其次，封其指，佢哋指甲都有屍毒。」她說。

她接連再纏線，五花大綁牠的手腳，成了一具木乃尹，
動彈不能。

最後，她在牠的頭上貼了一張黃符，牠便閉上眼。

「呢招係『蕁紫線縈』。而家跟住我一齊唸。」她説。

「吓？唸咩？」

「輓歌。」

她逕自唸起來，我只好也跟着一起唸：

「有生必有死，早終非命促。
　昨暮同爲人，今旦在鬼錄。
　魂氣散何之，枯形寄空木。
　親戚或餘悲，他人亦已歌。
　死去何所道，託體同山阿。」

大概唸至第三遍，牠的身體就隨着唸詞逐漸枯乾，本來強健的肌肉化爲虛無，最後竟變成一具乾屍。

「呢個……？」我問，搞不懂眼前的境況。

「殭屍嘅形成係屍氣入體，屍氣一失，就會變返原本嘅屍體。」她説。

「啊⋯⋯多謝妳。」

「唔使多謝，一買一賣，張單我會放入你間房，仲有，整返好道門。」她冷冰冰地説，頭也不回地回房。

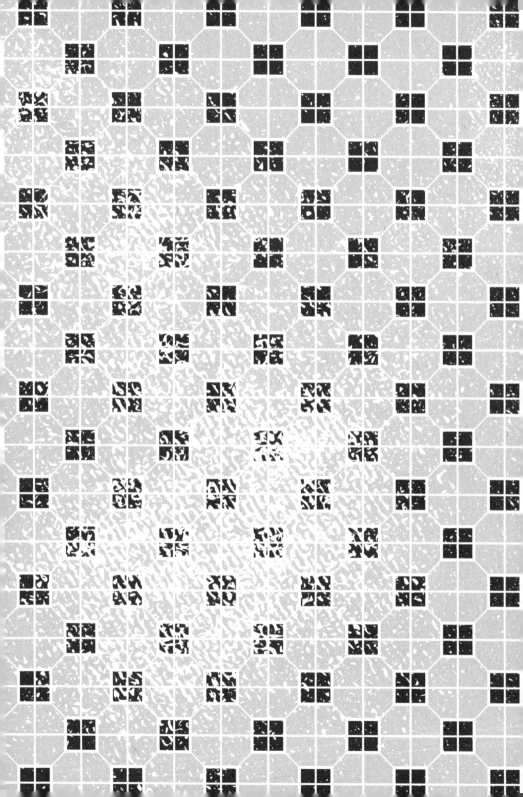

第一街 遇到的是什麼

　　當我一覺醒來，昨日之事仿如夢一場，不真不實，但當我出廳望見地下的屍體，就覺得即使再荒謬卻真實發生過。

　　打電話將屍體送回殮房後，雖然他們有懷疑過我是如何發現屍體，可是沒有證據下，一切就不了了之。

　　而更讓我覺得奇怪，就是昨天殮房的屍體失竊案。原本我打定輸數會被人炒魷魚，一回到殮房我已搖頭喪氣。

　　奇怪是，上司對我好言好語，態度恭維。

　　「對唔住……」我腳震得發抖。

　　「唔係唔係，我哋講對唔住就真啦。」上司竟不是平常兇惡的態度，而是溫柔的語氣。

　　「吓？」

　　「琴日，無嚇親你嘛？」

　　「喔……無呀。」

第一街

遇到的是什麼

他一向是態度差劣，這樣好聲好氣卻讓我有點害怕。

他拉我去後門，就是上香處，低聲跟我説：「相信你都知道發生咩事啦。」

「係⋯⋯對唔住，我會一力承擔返個責任⋯⋯不過我真係想你哋知道，我唔係有心整唔見，希望你哋唔好告我⋯⋯」

「你講咩呀，上頭落咗命令，琴日嘅事唔准再提。」

「明白⋯⋯」

「好啦，辛苦你啦。我相信經過呢件事之後，你同我都會升職。」

「吓？」

「老實講，琴日所有屍體好似有返靈魂咁跳出嚟，畀着係我都會驚，所以你放心，我哋無怪過你，只不過你都知啦，呢件事傳咗出去，大家都會好大件事，特別係市民大眾，知道有屍體走出咗殮房，會點諗呀？傳媒又一定會大力渲染，到時恐慌就大件事。所以上頭要呢件事一定要保密，你知道嗎？」

「屍體自己走出殮房？」

他拍手掌，不斷叫好：「無錯！我就係要呢種，就係一臉無知嘅樣，完全唔知我講緊乜嘢咁，總之大家唔知，就大家都有着數，OK？」

「噢……喔……」我還是不太明白。

「放心啦，錄影帶只我有一個人睇過，係好恐怖，已經交咗去畀上頭，佢哋叫我哋唔好講出去，所以明白嗎？」

「明白……」

「返去做嘢啦，我會搞掂……」上司喃喃自語：「唔通真係高街……」

「咩高街？」

「無，你出返去做嘢啦。」

我完全摸不着頭腦，竟然是屍體自己跳出殮房？荒天下之大謬，但上司的態度和我不用受罰的結果又好像證明是真，哪有可能一點責任都不用負？除非是真。

不過似乎他對這件事的真相也挺好奇。

難道，昨日所有屍體都是那些殭屍？想到這裏，我的後背不禁冒出冷汗。

一整天下來，我都沒有精神，特別是對着那些屍體，總有種感覺它們會如昨天的殭屍一樣，彈起咬人，腦海盡是這些畫面。

因為前一晚殮房遺失所有屍體，我不知上頭如何處理，可是整件事確實壓下來，沒有傳媒記者，也沒有任何家人找上門，整件事竟似沒有發生過一樣。我樂得清閒，只處理幾具新來的遺體。

下班後，天色昏晚，回到家裏有兩戶的燈都亮了，這次 AV 仁正在房間看 A 片，聲音吵鬧。我待他完事後，便輕力敲門。

「阻唔阻你？」我問。

「咦，改變主意想睇啦？」

「唔係……我想問，你知道尾房嗰個南門蔚有幾多？」

他放下耳機，關掉 A 片，説：「咦，你知道人哋個名啦？好熟咁喎。」

「只係傾過一次偈咁。」

「已經好多啦，我喺度住咗幾年，同佢傾過偈嘅次數都好有限，你好叻仔㗎啦。」

「咁你知佢幾多嘢？」

「我又唔係知好多，因為佢好難相處，講嘢冷冰冰，成個冰山美人咁，又無乜話題，古古怪怪，你知又唔可以同佢講 AV，你明啦。」

「係……你知唔知如果佢唔喺度，咁會喺邊度？」

「佢會喺廟街開檔。不過……」他眼神有點閃縮，說：「勸你唔好去，好古怪。」

「你可唔可以帶我去搵佢？」我說。

幾經請求，他方肯答應。

入夜後的油麻地廟街五光十色，龍蛇混雜，大排檔、雜貨、手信、色情用品店、嫖妓應有盡有。

據 AV 仁所講，廟街的勢力眾多，錯綜複雜，駐街有不少有命的風水算命師，形成連營夜檔的特色，來者探訪或問學業、或問前途、或求姻緣。

　　在芸芸算命檔之中，位於停車場轉右直行三十步有一檔不顯眼的小檔，正是南門蔚的攤檔。

　　「你自己去啦，我就去做 Facial 先。」他帶我來到附近，就離開去美容檔。

　　我站在那檔門口，鄰檔對我側目而視，途人避之則吉。

　　「先生，算命請坐，呢檔好邪㗎。」鄰檔一個穿功夫衫的老伯對我道。

　　她的攤檔門招牌上寫的不是「占卜、風水、八字」，而是空白一片。

　　揭開布簾，南門蔚正坐在裏面，閉目沉思。

　　其實怎樣看，她都是一位美女，只是生人勿近。

　　有別其他算命師的打扮，她還是身穿白色連身短裙，桌上沒有算命書，枱面僅有一部電腦、一束梅花，擺設簡潔。

　　檔內還有淡淡的薰衣草味。

　　「你嚟找數？」她沒有開眼，卻知道我在她面前。

「呃……一嚓啦。」她不提我也不記得此事，掏出 2 千蚊後，我説：「我仲有啲嘢想問妳。」

她終於睜開眼，收下金錢説：「每條問題 $100。」

「好，咁我可以坐低講？」

「可以，$100。」

我呆愕半晌，良久後坐下，繼續説話：「其實呢，琴日究竟發生咩事……」

「先伸手。」她説。

「左手定右手？」

「雙手，$200。」

我伸出手，她從一個殘破的龜甲倒出三個古舊的刀幣，放在我掌心，她的雙手包着並揉合我的手，過了三秒後，她縮手道：「放低。」

我分開合掌，刀幣咯噠落地。

「丁丑年壬寅月乙巳日甲申時，乙木命。陽壽尚餘六十九年三十一日。」

「啊南門大師，我唔係要算命，我係……」我回顧四周，再壓低聲音說：「我係有麻煩上咗身，我怕我無咁長命。」

「我知。」

「妳知？」

「係，$300。你咁出名，我點會唔知。」

經她一說，我有點臉紅，原來我是名人也不自知，唉。

「你令無數屍體走甩咗，全行人都識你。」她嘴角上勾道。

「呃……」我尷尬得想死，大叫：「妳知咩事！」

「當然，屍氣蓋頂，五行不運。」她定睛望着我，眼睛是水凝的淺啡色，好生美麗。

她知道？不太可能，上司明明說只有我跟他兩個人知道。

「琴晚嗰隻……真係殭屍？」我問。

「無錯，仲陸續有嚟。」她說。

43

「吓？」

「係幾時開始？詳細啲講究竟發生咩事。」她説。

「係……大概一日前……」

我把整件事的來龍去脈都解釋得清清楚楚，她問得倒也仔細，包括有幾多具屍體遺失，有否接觸到屍體的手腳、口。

「無，淨係掂到佢啲屍水。」我説。

「咁已經足夠，屍水中都有好多屍氣，因為咁樣你身體沾咗啲屍氣，不足以令你變成殭屍，但呢種屍氣會導致啲殭屍嚟到搵你。同時，因為屍氣帶陰，對人體嘅影響就係，你會見到陰間嘅事物。」她説。

「妳講陰間嘅事物，係咪即係……」我輕聲地問。

「鬼。」她答得直接了當。

「但……我沖咗涼㗎啦喎。」

「屍氣係洗唔走，只有時間過一排先會慢慢消散。」

「吓，咁我點算，佢哋係咪會不斷嚟搵我。」

「走，普通人無可能同殭屍鬥。」

「妳救我咪得！」

「琴日已經救咗一次。」

想的也是，如果每次都要她救，每次收費 $2000，我豈不是破產都不成。

「咁妳同我做合伙人？」

她眉頭深皺，問：「點解？」

「因為我見到鬼，咁就可以幫妳捉鬼，幫妳做生意，做妳生意合伙人，取而代之妳保護我或者教我點自保，好唔好？」

「唔好。」

我大力拍枱説：「好！我鍾意妳直接又爽快，咁一係收我做徒弟，當係我打工，取而代之妳保護我或者教我點自保，好唔好？」

「唔好。」

「好！」我又再拍抬，卻已無計可施：「咁妳究竟覺得邊度唔好？」

「收你做徒弟唔好，根本百害而無一利。」

「真係？」

「係。」

「唔考慮一下？」

「唔考慮。」

「我乜都得喎，求下妳啦。」

「……」

「求下妳啦。」我心想性命要緊，面子事小，現在發現殭屍是真，當然不能放過生存的機會，而她是我唯一的靠山。

「你真係乜都得？」

「係！師父！」

「等等先，我無話收你，但你可以跟我嚟一個地方。」

我們來到廟街一間小串燒店，那店殘舊破落，連火爐都滿佈污痕，一看便知有多年歷史，由於店內太窄，桌椅都會放置街邊，毫無格調和私隱。

「阿蔚今日咁夜先嚟呀？食咩？」老闆娘是一個六十多歲的老婆婆，熱情好客，一看見我們來到，立馬主動招呼。

南門蔚說：「係呀，今日遲咗啲，照舊呀唔該。」

不久後，一碟疊得滿滿的韭菜、茄子還有翠玉瓜串燒便送上。

「嘩……妳一個人食得晒咁多？」

「當然。」

「點解全部得菜？」

「我唔識食肉。」

「吓？」

47

「我唔識食肉。」她再強調後，我不便追問，然後點了一堆豬扒、雞肉串。

過了一會，老闆娘又送上數枝涼茶，說：「阿蔚你呢排有啲咳呀，飲啲涼茶啦。」

「唔該老闆娘。」她笑了一笑。

我是第一次看見如此冷酷的她露出笑容，果然十分好看。

「妳笑嘅時候好好睇，點解唔笑多啲？」

「關你咩事？」她馬上又回復冷面。

「究竟呢啲殭屍係點嚟？香港點解有？」

「殭屍係屍氣所致嘅怪物，分七等，最簡單係跟眼睛顏色分，最低級係白色，跟住上一級係『**黑、紅、黃、藍、綠、紫，紫色又稱為不化人**』。通常形成方法都係黑貓經過屍體，或者屍氣注入，即係被咬。每個被殭屍咬嘅人，都會受屍氣入侵，屍氣係至邪之物，強化一個人本身嘅怨念，放大咗佢對塵世執著，走火入魔，最後放棄自由意志，人可以選擇成唔成為殭屍，但大部分人都會放棄作為人。」

　　她吃了一串翠玉瓜後繼續説：「香港一直都有殭屍存在，不過好少數，撲滅得好快，所以無人知。殭屍就好似傳染病咁，一傳十，十傳百，又無藥可以醫，所以一定要好快咁撲滅佢哋，如果社區爆發，就無人可以救到呢個社會。」

　　「咁……咁殮房咪大件事，走咗咁多殭屍？」我問。

　　「無錯。」

　　「咁死啦，我今次切腹都唔掂。」

　　「你放心啦，大部分殭屍都會有人捉，香港唔單止只有我一個人捉殭屍，仲有殭屍工會嘅人，佢哋都好有經驗，今次咁大件事，好多人都出咗去幫手。」

　　「唉，真係好對唔住。」

　　「你又唔使道歉住，件事未必全部係你錯……你要知道，好多人想將香港變成一個殭屍嘅地方，好多年嚓，呢個都係一班人嘅心願。」

　　「點解要咁做？」

　　「有啲人係覺得容易管理，因為殭屍無自由意志，而有啲人覺得殭屍係進化啲，好多原因。」

「等等先，如果係咁，我做乜要畀錢你，其他人捉晒殭屍咪得。」

「殭屍工會雖然18區都有分店，但全行唔過一百人，所以呢……」她瞄了我一眼：「你都係好有危險。」

「妳又係點入行呢？」

「關你乜事？」

「咁……咁多類？殺殭屍係咪好難。」

「殺殭屍唔難，後續先難。」

「咩意思？」

「你之後會知。」

「咁鬼呢？」

「鬼得好鬼同怨靈兩種。」

「好鬼？咁我幫你捉好鬼。」

　　「好鬼根本唔使捉，反而係一件好平常嘅事。鬼係等待重生嘅一個狀態，唔入魔根本唔使理，但殭屍唔係輪迴六道，必須要殺先幫到嗰個人淨化。」她瞄了一眼串燒店的老婆婆說：「事實上老闆娘都係鬼。」

　　「吓？」我嚇了一跳。

　　「驚鬼就唔好講捉鬼。」

　　「唔驚！相信妳，乜都唔驚。」

　　她白了我一眼。

　　聽了許多，我覺得自己需要一些時間消化。

　　「食飽未？」她問。

　　「食飽啦。」

　　「咁去一個地方。」她說。

　　我們來到天后廟前的一個小公園，她說：「如果你可以捉到一隻鬼，咁我哋之間嘅事再講。」

　　「一嚟就捉鬼？妳都未教我，我乜方法都唔識㗎啵。」

「用你自己嘅方法，捉到就得。」她翹起手，安居態然地説：「呢度有一隻出名嘅百厭鬼，你只要捉到佢就得。」

「捉到就得？」

「係。」

「好！嚟啦！」

話未説完，草堆中已經衝出一隻全身青色、活像咒怨中俊雄的鬼，對着我做鬼臉。

「死嘅仔！」

我上前一撲，他立即變回虛體，如雲霧般摸不到，我撲了一個空，倒在地上。

「咳……」我吃到地上一堆塵。

不服氣！

我再向他撲去，他又變回虛體，打着屁股嘲笑我。

　　他虛實交換，一下子實體，用腳大力抽踢我，一下子變回虛體躲避我，一時間我被他弄得像傻瓜，玩弄得焦頭爛額，完全拿他沒法。

　　南門蔚一邊觀望我們，一邊打哈欠。

　　怎麼辦？再這樣下去⋯⋯

　　我頭腦忽然一轉，亮起一個主意，乘他進攻之際，趁機抓着他的腳，她眼睛一亮，我知道做到，可是他又變回虛體。

　　「點搞呀⋯⋯」

　　我想起了！

　　立即由袋中掏出相機，對俊雄拍了一照，這就算是捉到了。

　　「咁都叫『捉到』啦。」

　　「小聰明喺戰場上係救唔到你，好鬼或者可以畀你用相機影到，但怨靈係唔得，不過今次當你啱。」

　　「師父！」

「等等，我都係唔收徒弟。」

「咁妳即係玩我啫。」

「我可以保護你直到無殮房殭屍再追殺你，你可以做住我助手，但保護費 10 萬。」

「10 萬？」

「唔畀無所謂呀。」

「好……」我幾乎將所有的儲蓄都給了她。

銀行過數後，我感覺自己全身脱光光赤裸一般，然後她説：「你跟我嚟。」

我們來到土瓜灣一個舊區，古舊的屋邨，某層的鐵閘裏有一個女人在吃晚飯，枱前是她孫仔的相片。

我認得相中人，正是先前襲擊我的那個件工。

「乖孫……你去得安心啲，唔好要阿嬤我擔心。」她正在一邊上香，一邊吃飯。

南門蔚拍一拍門，那個老婆婆嚇了一跳，幾秒後，摸門來到門口。

「婆婆。」

「你哋係邊個？」

「我哋係你個仔……孫仔嘅朋友嚟，佢有啲嘢叫我哋交畀你。」

「孫仔嘅嘢？」她聽後沒有再作懷疑就打開門邀請我們入屋，只見屋內陳設破舊，二百多尺的狹小單位內有一張碌架牀，應該是嫲孫二人同住。

她想倒兩杯水給我們，但是連連倒瀉，我接過杯來，不禁說：「婆婆，不如等我嚟。」

「對唔住，阿婆白內障，唔係好睇到嘢。」

「呢度有 20 萬，係佢叫我哋轉交畀妳。」她放在枱面說。

「佢？佢邊度咁多錢？」

「20 萬唔多，不過佢生前儲落，所以希望可以幫到妳一啲。」

「佢⋯⋯佢好勤力又乖仔，明明讀到書，但因為想賺錢，話要孝順我，走去做件工，明明自己都驚屍，話咁樣搵得錢多⋯⋯佢真係一個好仔嚟㗎，邊諗到白頭人送黑頭人。」婆婆說着，不由得淒淒流淚。

「婆婆，我哋得閒都會嚟探妳，放心啦。佢叫咗我哋好好咁照顧妳，妳唔介意我哋煩住妳嗎？」

「唔介意唔介意，孫仔朋友即係我朋友，多啲上嚟坐啦。」

我們出門後，她點了一枝香，我只見門口不遠處，站着孫仔，但整個人是半透明色。

我嚇了一跳，深怕他又來搞我，但南門蔚搖搖頭。

他向我們點點頭，眼神中是不捨又恍若感激之情，不多時就消失在黑暗之中。我們也隨即離開大廈。

「你咁樣應承佢好咩？」我問。

「我講過嘅嘢係會做。所以我先話，降魔係困難，殭屍原本都係人，都係一個普通人，殺要狠心，但每滅一隻魔，後續先難，因為責任係沉重。」

56

萬賴無聲，深夜的土瓜灣街道上空無一人，只有我們的腳步聲，還有我一直想着她的說話。

「睇妳外表，又估唔到妳會咁重情。」

「不如你收下聲。」

「我好難收聲，我不嬲好多嘢講。話時話，殭屍怕咩？」

「唔同程度嘅殭屍，都有佢進化地方，進化同時代表有弱點，例如白殭聆聽能力係人類十倍，所以同時佢哋都好怕嘈。至於怕陽光就係每個殭屍都會。」

「喔。」

在街道上，戛然跳出一個黑影。

「小心！」

我眼前一黑，只聽到她的說話，但身體卻是不自由地凌空飛走。

「嘩！！！！」那黑影一手拉走我，我雙腳離地，轉眼被拖至一個唐樓內，不知上了多少層樓梯。

57

「韓壬辰……」

忙亂之間，我隱約看到牠的眼睛是白色……又是殭屍。

「救命呀！」我拼命地尖叫，叫得全幢大廈所有人都聽到。

「韓壬辰！你都要死！」

「咩呀？」

此時我才認清眼前的人，一雙獠牙，有一個胎印在左眼，獐眼鼠鼻，正是當日其中一位老鼠仵工！

「喂！」我想說萬事有商量，話未出口，他已準備一口咬來。

「冷靜啲冷靜啲！」我用手擋着，但他力氣甚大。

「冷靜？我……我已經唔係人……點冷靜，我而家淨係想報仇，咬咗你……我就可以上位！」

「點解係我？」

「你已經係所有殭屍嘅目標。」

第一街

遇到的是什麼

「傻啦，我又唔靚仔又唔有型，又無錢⋯⋯」

我想拖延一下他，誰知卻被識穿。

「唔使諗住使走我！」

我只感手臂一陣痕癢，他雙爪插中我的手臂，指爪銳如刀刃，深入我的皮肉，我稍為一動便感劇痛。

「去死！」

他瞄準我的頸，舉頭就咬，在生死牽於一線之間，我想起南門蔚説過，白殭最怕嘈，我馬上向着他的耳朵高歌：**「啊啊啊～今天不回家～！」**

「徘徊的人，徬徨的心，迷失在，十字街頭的你，今天不回家。為什麼，你不回家，往事如煙，愛情如謎！」我窮盡畢生的氣力高歌一曲。

「啊，唔好再唱！！！」

倏地，南門蔚及至，一手推開正在噬向我頸部的牠。

「嘩妳竟然搵到呢度，好感動！」

「你把聲咁難聽，聾嘅都會搵到。」雖然她冷眼一瞪，不過我也覺得非常窩心。

牠被推開後，怒瞪我們：「殺咗你哋！」

「放低執著啦！我唔係咁好食。」我説。

「唔得！你一定要死！」牠又想衝過來，南門蔚卻擋在身前，逢一聲在牠額頭貼上黃符，再唸之前的輓詞，牠便化成一具乾屍。

「啊啊！給我一杯壯陽水～」

「死咗啦！仲唱。」

「係咪好好聽？」

她冷眼而視道：「好難聽。」

雖是虛驚一場，但牠説的那一句卻一直藏留在我心。

全世界都想找到我？為什麼呢？我完全摸不着頭腦，帶着疑問的我，只好見步行步。

第二街 油麻地地鐵站

南門蔚是一個奇怪的人。至少是我這生遇過最奇怪的人。

她每天的生活作息幾乎完全一樣，跟一個機械人的程序一樣，偶然工作繁忙甚至不會睡覺。她沒有什麼喜好的食物，每日吃一模一樣的菜，早餐吃樓下旺記的韭菜炒蛋、中午吃旺記的白粥、晚餐吃鬼婆婆串燒店的串燒。（三串翠玉瓜、三串韭菜、三串茄子）

她沒有什麼嗜好，不會追劇、不會追星、不會聽歌、不會看電影，完全不像是一個都市人，每天的生活就是在廟街開檔。

這簡直就不是人的生活，怪人，她絕對是怪人。

說是助手，其實都是斟茶倒水的工作，有六成的人來找她，都不是因為殭屍，而是……

「妳咁靚，做呢度嘥晒啦，我包妳做明星一定會紅！」一個長着大粒墨的中年大叔道。

「送客。」她目無表情地說。

「我係龜婆萍介紹嚟，$15000？」另一個瘦弱的男人説。

「送客。」她説。

「包妳一晚要幾錢？」雞蟲明説。

「送客。」她説。

「How much 1Q?」外國鬼佬問。

「Fuck off.」她説。

廟街是淫窩之地，自然不少雞蟲在此尋花問柳，而我多數的功用都是幫她趕走麻煩客人。

「叫雞前面請直行轉左，多謝。」我笑面送客離開。

餘下的三成，是算命，她的算命也靈驗，來問卜的人也排長龍，算是她收入的一大半。

餘下不足一成就是「真正有需要」的人。

「妳覺唔覺妳嘅生活好悶？」這天收檔的時候，我不禁對她説。

「咩叫悶?」

她收拾好東西,就逕自離開。

我跟着她説:「多謝都無句,又唔幫我查我嘅案。」
(就是殮房事件)

「係咁又點?」

「喂,妳都想了解到底發生咩事㗎?」

凌晨時段,我們來到廟街打算醫肚,還是那一間串燒
店。這時候的廟街,熱鬧旺盛。

「究竟點解夜晚嘅廟街會咁多鬼?」我問。

「廟街係香港嘅中心地段,陰氣泉湧處,呢度地下
相傳有一塊鎮魂冰,具體係咩我都唔太清楚,淨係知寒氣
至重,所以大部分嘅鬼都鍾意呢度,形成咗百鬼夜行嘅景
況。」她解釋説。

「鎮魂冰?係真㗎?」

「相傳係武器,無人見過,都係傳説。」

「妳又做乜唔捉晒啲鬼。」

「講過，好鬼唔使捉，唔害人點解要捉？」

吃完東西後，她帶我遊逛廟街鬼市場。

這裏什麼東西都應有盡有，鬼用的人體代替物，鬼眼睛、鬼手、鬼面，一個個都有得買，而且你想要明星的面，張X芝、張X軒，也是整張臉放在市檔內，換上即可。也有鬼面即造，給他一張相，店長馬上照着改造。

當然少不了元寶蠟燭這些，這裏長期都燒香，香火鼎盛，吸引不少遊魂野鬼在這裏找食物。

「呢啲係咩？」我指着一樽透明膠樽盛着的黃黃東西。

「野雞氣水。」

「氣水？」

「真係氣㗎，打開佢就有雞味，啲鬼就會聞飽。」

「咁神奇，哩個呢？」

「麻婆豆腐氣水。」

「吓？」

「咁有人死咗都好想回味下。」

穿過食物檔，就見有不少檔口是「鬼按摩師」，用保鮮紙包着那隻鬼，再整他整個人分肢，十多個人一起按摩他的不同部位。

「黐線。」我說。

「聽聞好舒服。」她說。

「先生，申請冥通保險啦。」有一個西裝男人喊道。

「又係你？唔使啦我上次都講咗，我係人嚟。」我說。

「而家開始供就啱啦，而家下面通漲，1 億冥元嘅樓已經買少見少，供到你死就夠錢喺下面買層樓，五百尺，及早保障自己！」他說。

「下……」

「行。」她拉住我走，說：「跟住我，佢哋先唔會搞你。」

我們終於來到一檔，有着許多奇怪東西的物品，有劍有刀有鎗，不知用途，但似是一間軍火店。

一個老伯伯出來，他拿着盲人棍，蹣跚來到我們面前。

「阿蔚？嚟磨劍？」

「陳伯，我想要啲唔平常人用嘅嘢，用嚟捉怨靈。」

「喔……呢部呀，好用。」他雖是瞎子，卻迅速從雜物堆中拿出一部相機給我們，那相機古老殘舊，造型奇怪，就是中古的蛇腹相機，鏡頭四邊有許多我看不懂的符文。

「好，就呢部。」

南門蔚買了那一部奇形怪狀的相機就帶我離開。

臨走前，那瞎子陳伯望住我的方向說：「後生仔，唔係普通人，你將會有大劫，小心啲。」

「吓？」

出了門口，我便問南門蔚：「買嚟做咩？」

「有線索，關於你殮房嘅殭屍。」

「妳唔早講？」

「你會聽咩？」

「都係，你又有道理。」

不出幾分鐘，我們已經到達油麻地地鐵站，大門深鎖。

「鎖咗㗎啦喎。」我說。

「咁你入唔入去？」

「點入先？」

她拿出紅線，插進鎖裏扭兩扭，門鎖竟「啪」一聲的打開。

「有無咁勁呀？妳連開鎖佬都撈埋？」

「你唔講嘢係咪會死？」

「會……」我說：「但偷入去好似犯法喎。」

「你可以留喺度，我唔介意。」

我立即說：「我好想入去。」

我比她搶先一步入閘，馬上便後悔，這裏陰陰森森，黑得不見天日，伸手不見五指，打開手機電筒，微弱的燈光照進漆黑之中，仿佛有什麼恐怖的東西正在等我，不由得心中打了一個冷顫，此時此景，就像一個人玩恐怖Game 的心情。

「行得未？」

「得⋯⋯」

我們小心翼翼地進去，經過兩層長樓梯，來到地鐵大堂，只有少數的招牌燈光仍亮着，與日頭人來人往的大堂成極大的對比，我不寒而慄。

「啦～啦～」

「妳⋯⋯聽唔聽到有歌聲？」

「聽到。」

「跳入去。」

「入去？」

「係，入閘。」

「我哋行到咁入做乜呀？」

「要去月台。」

我們好不容易穿過漫長的電梯，浴途只有踏踏的腳步聲，不知為何我已覺得有點恐怖，來到空無一人的月台，地鐵的車站內，招牌燈光又讓月台光亮一點，只不過這種光帶點恐怖詭異。

「坐陣。」

她坐在月台上的椅子中，托着頭遙望玻璃門的廣告，遞給我剛才那一部舊式的相機。

「原來妳搞一大輪就係想我喺地鐵裏面幫妳影寫真，妳早講啦！我有更好地點可以介紹畀妳。」

「邊個要影寫真？」她又擺出冷面，眼神想殺死我似的。

「我。我要影，我要影妳。」我説。

「我無。」她完全無視我的冷笑話。

「咁妳畀呢部相機我做咩？」

「『靈動相機』，有重雲笈七籤符文，可以捉到怨靈。」

重雲笈七籤是什麼鬼東西？

「點解要呢部機先捉到？我之前『捉』天后廟嗰隻又唔使？」

「嗰隻係好鬼，呢隻好大機會係怨靈，普通相機無鎮魂功用。」

「怨靈？」

「鬼都有衰嘅鬼。你有無聽過呢個地鐵站嘅傳説？」

「咩傳説？」

坐在黑邃的地鐵站內，她開始説起往事。

「件事喺幾年前發生，下晝一點幾，當時一列由中環往觀塘嘅地鐵駛入呢個油麻地站。

當時車長察覺一個校服女學生由月台跌咗入路軌，唔單係咁，喺月台等列車嘅乘客同樣目擊情況。

車長當時立即剎車，但依然太遲，在場嘅人都認為女學生捲入咗車底。地鐵公司即時暫停佐敦去旺角站嘅列車服務，同時通知警方同消防嚟，但救援人員嚟到，搜索咗一個鐘，都無發現路軌有任何人……屍體或者殘肢，其後再用工具將列車升起，都係無發現女學生蹤影，連一滴血都無。

　　去到下晝兩點幾，救援人員將事件改為誤報，列車服務亦恢復正常。

　　事後地鐵發言人話，涉事車長健康良好，精神狀況無問題；在場乘客亦言之鑿鑿地稱目擊女學生跌落路軌，但無法解釋救援人員找唔到女學生嘅原因，令事件漸漸成為都市傳說。」

　　「咁呢件事關我哋咩事？」

　　「當日嘅事係一宗煉屍事件，有人故意殺人，想製造殭屍。」

　　「製造殭屍？」

　　路軌的外面，傳來「踏踏」的響聲，越來越近，那種聲音快逼得人發瘋。

　　「有情報話，你殮房其中一隻殭屍會嚟呢度。」她説。

　　她不自得站起來，我也緊張得心跳加速。

　　漆黑中，只見一個黑影由路軌而出，從破門進入到月台，在微弱的燈光下，可見是一個男生，一個十多歲的男生，但牠四肢攀爬於牆上，步行有如蜘蛛。

「黑殭。」南門蔚説。

「黑殭？」

「比白殭更快，更敏捷。視力極好，黑暗之中仍然睇到幾米以外嘅嘢。」

廣告燈照亮牠蒼白的面，牠的眼睛是全黑，露出令人吃驚的長獠牙。

「估唔到我搵你咁耐，你竟然自己嚟到呢度。」牠開口説話。

「咩話？」

「韓壬辰，只要搵到你，我就可以釋放。」

來不及搞清牠説什麼鬼話，牠已經向我衝來，一手抓向我，我不及反應避開，只感到被南門蔚撞了一下，整個人仆倒地上。

刺痛的風聲從我耳邊擦過，直覺這一下中了必死無疑。

但見牠從一個幕門跳到另一個幕門，敏捷自如，完全輕鬆得毫不費力，就如地心吸力是不存在的，如果不是親眼看見，我會以為牠在吊威也。

　　她拿出五道白色的符，用一條紅線穿着捲成一圈，在牠跳躍時，一扔，紅線套在牠身上，只見符頓時由白轉藍，一陣寒氣傳出，牠的四肢被冰所纏，但不消一會就被牠打破。

　　南門蔚左手掩着肚皮，神色凝重。

　　我問：「妳受傷？」

　　「收聲。」

　　牠上前就是一噬，冷靜面對的她掏出一把劍柄，劍柄寫有青冥二字，伸出紅血色劍身，微暗之中，仍能隱約見到血色劍光，迎面一揮，動作之快，只聽「噹」的一聲，牠退回暗陰之下，藏身其中。

　　牠就像在黑暗中的獵人，要吞食我們。

　　「使唔使幫妳呀！」

　　「唔需要！你去捉鬼！捉到我哋就無事。」

　　「捉鬼？點捉呀？」

　　「跟歌聲去搵囉！」説話間，她又格擋幾下牠的攻擊。

「啦～啦～」

又是那種歌聲！

「好好好，我去。」

我沿路找去，發現聲音越來越近，聽到出是一首歌，但不知是什麼歌。

「究竟係邊？」

我不知所措，再不快點南門蔚就有危險！這時我想起自己手中有她的相機，舉機往四周胡亂拍攝，嚓嚓嚓嚓，十幾下不同角度地瘋狂連拍，終於影到其中一張是有校服的裙邊，我管不得什麼，繼續沿方向拍下去，一直追尋，不經不覺來到車長室。

「嚓。」

燈光一閃，相機的眼前就是一個穿校服的少女，十六少艾，七孔流血的站在我眼前。

我打了一個冷顫，可是現在不是害怕的時候，我鼓起勇氣說：「妳出嚟啦。」

75

　　她終於顯露真身，身上變成透明色，手上是無形的鍊鎖着，大概是相機的鎮魂功效。

「你哋嚟做咩？放開我！」

「妳一直都住喺度？妳就係嗰個女仔？」

「咁又點？你哋唔係好人！」

「點解咁講？」

「點解……點解要傷害阿比？」

「阿比？」我轉念地問：「阿比係啱啱個殭屍？」

她沉默不語。

「究竟你哋發生咩事？」

「點解我要講你知？」

「你想阿比受傷咩？又想佢變成一隻傷人嘅殭屍咩？」

「亂講，就算我唔講你哋都係會殺佢！」

「留佢喺人間先係最大對佢嘅傷害，唔通你唔想佢放低咩？」

她聽畢，態度似是有些軟化，低頭沉思一會，久久未能說話。

我未連繫到所有的事，但察覺到應該和整件事有關。

「究竟妳係點死？」我問。

她瞪住我。

「你唔好當我哋係嚟害妳，我哋係嚟幫妳㗎。」

她嘆了一口長氣，將整件事娓娓道來。

她叫小呂，阿比是她的男朋友。

幾年前，他們都是中四生，校內公認最登對的一對。

阿比是優異生，她是體育明星，原本大家唱歌都不俗，組團去 Sing Con 合唱，結果贏了冠軍。當他們宣佈要一起時，全班哄動。

「恭喜你哋！你哋一定會步入教堂！」班上同學都是這樣說。

小呂也這樣覺得，阿比對她的關心是無微不至，每天接送返學放學，每晚準時打電話給她、會為她準備禮物和驚喜。

她覺得這個男人是值得信賴一生。

直至一日。

那天，阿比因為校內比賽要留校練習，不能陪她放學。她只好自己一人先離開。

原來是阿比的生日，她要去準備驚喜。她訂了一個蛋糕，還有準備一班朋友在 Cafe 替他慶生。

一想起阿比開心的樣子，她就笑得不可攏口。

來到油麻地站，準備轉車時，卻有一把低沉、奇怪聲音在後面說：「妳係好人選。」

「嗯？」

「有無興趣長生不死？」

她印象中，只記得那個男人高高大大，穿黑色皮衣、戴黑色高帽和黑色眼鏡，有一種說不出的詭異。

「有無興趣長生不死？」

「Sorry，我唔知你講咩。」

下意識退開兩步，她只當他是一個精神病人，然後，列車駛進站內，她感到身後一陣怪力推她出月台，便腳站不穩跌進車軌內，連屍體也被那個人帶走。

那個人本想把她煉成什麼屍，但好像失敗，最終她的靈魂留在這裏，不走不去。

只有阿比，每星期都來一次找她。

每個星期，準時星期六，在地鐵站尋找她，他相信會找到。

她很想告訴他，不要再找了，不要再為她浪費青春了。

可是無論她怎樣說，他仍是聽不到，看不到。

直至一日，阿比不再來，應該是遇到意外，但他再出現時就變成殭屍，不再是星期六，而是偶然有空才出現。

只不過，殭屍跟鬼是不可能遇見。

「放心，我會幫你哋，月台上面個女仔好勁，我相信佢一定有方法，但要救咗佢先。」我説。

透過閉路電視，能看見南門蔚在月台力戰一番，但因為傷勢，而且太黑的關係，明顯處於下風。

「如果視力好好，會唔會怕光？」我想。

我望着車長室的設備，胡亂按了幾下，想打開燈，卻找不到鍵。

「如果你想搵燈嘅話⋯⋯喺度。」她指着其中一個掣説，然後解釋道：「我喺度咁多年，見啲人係咁開，所以都略知一二。」

按下，果然月台上的燈都打開。

牠的優勢全失，黑暗都藏不住牠的身驅，之後幾次想進攻，也給南門蔚擋下來，明顯不敵。

要把牠的注意力轉移，我問：「你哋當年究竟唱嘅係咩歌？」

「吓？」

「妳可唔可以唱。」我打開廣播咪，説：「唔該妳！」

　　她對住咪，起初越唱無力，漸漸越起勁，似是當年的感情都盡在歌曲裏抒發，不知不覺，她的眼淚一滴滴流出，化成煙霧。

　　這是他們當年的合唱歌。

　　「一直向前走，走不完距離。

　　一直向後，退不出回憶。

　　很高興有心事，幫我困住自己。

　　感謝我不可以住進你的眼睛。

　　所以才能擁抱你的背影。

　　有再多的遺憾，用來牢牢記住。

　　不完美的所有美麗。」

　　牠聽到這首歌，如定身咒般，靜止不動，南門蔚見勢，一劍插進他的胸口。

　　淡綠色的混濁空氣從傷口漏出，牠漸漸由獠牙變回人類的模樣，黑色的眼珠變回人類的眼珠。

　　「阿比……」

81

　　小呂嚓一聲飛撲回月台，但見他流血不止，奄奄一息，卻看見她在他面前，忍不住流下淚來。

　　這麼多年，他在尋找的她，終於在眼前。

　　「我無忘記過妳……」

　　「我知呀，傻㗎你。」

　　「我好掛住妳。」

　　「我知呀。」

　　「終於見到妳。」他露出滿足的笑容，好像已得到世上的一切。

　　「係邊個將你變成殭屍？」南門蔚問。

　　「黑帽男……我有一日遇到意外後，發現自己死咗之後佢問我想唔想復活，見返我最愛嘅人。但……我變成咁之後，發現自己再控制唔到自己，唔可以隨心所欲，大部分時間都係幫佢做嘢……」

　　「阿比……」

　　「我自由啦……」

說罷，他就變回一具乾屍。

「黑帽男⋯⋯」南門蔚喃喃自語。

黑殭的視力再好，也見不到對方，唯有死前才得到解放。

南門蔚走近小呂，說：「地縛靈。」

「等等等等！」我衝回月台，大叫阻止：「佢係好人㗎㗎，咪殺錯良民。」

「我唔係叫你捉鬼㗎咩？」南門蔚問。

「但佢真係好人，係佢幫我哋。」

「地縛靈有時限，即使而家妳無，如果唔收妳，將來怨念加深，只會害人。」

小呂低下頭來，似乎明白她的話。

「我接受。」

南門蔚拿起一張符，燒了，灰燼散在牆上，出現一個黑色的洞門。

「走啦。」

「嗯？」

「喺另一個世界，要同佢相親相愛。」

「吓？」

「多謝。」她感激地說。

當她進入門內，門自動消失，變成普通的牆。

「佢哋會再見？」我問。

「叫人嚟收屍。」

說完，她轉身離開。

「乜嘢呀，又唔應人。」我喃喃自語，跟在她身後。

第三街 辮子姑娘

油麻地事件後，我算是更加認識南門蔚，也對殭屍了解更多，只是仍然有一種不真實的感覺，就像一切都是假的，至今仍是難以相信，即使親眼見過數隻殭屍後，我還是比較傾向這是一場夢。

此事之後，上司開始叫我放大假，我有多餘時間在檔口幫忙，收檔後，我便在 AV 仁的房間打機，當然有邀請南門蔚來，不過她沒有答應。AV 仁説是好事，因她是十分危險的女人。

天天戰得天昏地暗的日子也不錯。

「有機會，不如我帶埋小君嚟。」AV 仁説。

小君好像是他熟悉的女生，跟 AV 仁聊天時常都會提到她。

「好啊，下次有機會帶佢嚟囉！一齊打機。」

這天又在檔口開檔，近七八點的時間，人流仍未算最旺，百無聊賴我便逗她説話。

「不如妳教我幾招，等我防下身都好，妳嗰啲劍呀、符呀係點嚟㗎？好鬼型！」

「教你，好型都變好舴型。」

言語之間，已經有一個女人坐在我們面前，她打扮得花枝招展，穿性感露胸裝，一看便知她是一名妓女。

「南門大師，求下妳幫下我！」她緊張兮兮地捉住南門蔚的手。

我見那個女人握得過分緊，甚至大力得讓人疼痛，但南門蔚沒有鬆開，我便說：「你放手先講，大師會幫你。」

「咩事？」南門蔚將微紅的手收入枱底，沒有怪責她，反倒問。

「我……畀怪物纏身。係小君同 AV 仁介紹我嚟搵妳，佢哋話你好勁㗎。」

「小君？」

我輕聲對她說，小君應該是 AV 仁的一個朋友。

「小君係 AV 仁個寵客呀，成日都搵佢。我同小君好熟，就喺隔籬房。」她續道。

那女人叫盈蘇，是廟街的一樓一，十年來一直在廟街維生，因相貌姣好、身材婀娜多姿，吸引不少男人光顧，特別是青頭仔、中年大叔，廣受好評，而她自住在工作室的二樓。

一切的怪事，要由她接到其中一個客人開始講起。

那天陰雲密布，算命財叔說不宜開工，她只當笑話，沒有認真理會。

大概晚上十一時左右，她接到一個三十九歲大叔客人的約單。

他骨瘦如柴、形同枯乾，雙目無神，面無血氣，一進來後默不作聲。

盈蘇見怪不怪，反正不少客人因害羞而不敢說話，她心想，可能是他緊張，或是太害怕，所以只當他是一般青頭仔客人看待。

當第一次完事，她收過錢來，他又擺下錢。

「第二次。」

第二次完事後，他又放下同樣的金錢。

「第三次。」

第三次完事後,盈蘇感到全身缺力,如果再有一次她可受不了,然後她揮手説不,但他這次放一大堆錢。

結果那晚他足足來了二十五次,超越人類身體的極限,盈蘇感到下體劇痛。

她不小心看到他的門牙是尖鋭如獸牙。

當他想來第二十六次時,她以身體不適為由拒絕,然後把他趕離開。

第二晚,那個客人又來,指名要盈蘇,但她嚇得不敢上班。

第三晚,她決定留在家中,午夜之時,門鈴嚓然響起,她疑惑地向防盜孔向外望,發現正是那個男人。

它面如慘白,拍門叫道:「開門……」

她徹夜未眠,直到天光之際,才發現它已經離開。

「救我呀大師……我都唔知點解會咁。」盈蘇哀道。

「嗰個男人應該係屍變緊？」我說，但南門蔚沒有回應，只是沉默不語。

「咁我應該點算呀？點做好？我已經三日無開工，再唔開工唔得啦。」

「帶我去妳屋企。」南門蔚說。

我們來到廟街其中一座唐樓的二樓，一個狹小的單位，屋內空無雜物，只有一張古老陳舊的仿酸枝梳化，幾幅掛在白色牆上的水墨畫，都是山水畫。窗外投來紅紅綠綠的霓虹燈光，把人的樣子映成慘綠色，帶點詭異。

我們進來後站在原地，不知坐在哪裏。

「坐住喺嗰度先，等我，我要覆個電話先。」盈蘇指着酸枝梳化說，然後轉身去廚房打了一個電話。

斟好茶給我們後，她便發覺南門蔚在地下用白粉筆畫成的大圓圈。

「大師……呢個係……？」

「坐入去。」南門蔚還是說得目無表情，能不能有點表情。

盈蘇戰兢的坐在圈內，正襟危坐，呼吸稍稍急速。

南門蔚在圓圈內分布七盞大燈，圈外布四十九盞小燈，在她的腳前放一盞最大的燈。

「小心唔好整到，係你嘅本命燈。」南門蔚説。

「呢個係……？」盈蘇問，

「七星燈續命法陣。」南門蔚。

「如果妳同屍化緊嘅人性交過，會被至陰之氣襲體，壽元大減，需要用陣續命。」

聽罷，盈蘇便坐在陣內，不敢作聲。

「媽媽～」一個八歲的小女生從房裏探頭，不過不知是害羞還是什麼，只用背面對着我們，她綁了一條長長辮子，身穿唐服。

「妓女有自己嘅仔女？」我脱口而出。

這一句似乎觸動她的神經，她尖銳地反駁：「係呀！我錯！我做雞！失禮你！」

「咁又唔關我事，唔會失禮我嘅，但妳有無諗過個小朋友？會畀人笑㗎。」我説。

「關你事？」她面紅耳赤地説。

「唔關，唔關。」

「小麗，返房！」

南門蔚瞪了我一眼，對她説：「唔好太勞氣，會影響個陣。」

空氣中彌漫尷尬的氣氛，沒有人説話。因一時尿急，我上廁所去，洗手後出來時，看見那個小女孩正站在門口，還是背對我。

「妳要用？」我問。

她搖搖頭道：「做咩話盈姐？」

「咁妳媽媽係無考慮清楚對妳嘅影響嘛，職業無分貴賤，但好多賤人唔係咁諗。」

「我媽媽唔喺度啦，點解你仲話佢！」

「呃⋯⋯唔喺度嘅意思係⋯⋯佢不在人世？盈蘇係鬼？」

她搖搖頭，説：「盈姐當然唔係鬼！」

慢着，即是盈蘇不是她親生的母親？

「係盈姐一直收留我，當我係親生女咁錫我。」她似乎明白我心中所想，逕自開口説。

「喔⋯⋯」我明白一切了。

「係小麗唔好⋯⋯小麗粗心，令盈姐傷心同費神，要去搲方法。」

「咩意思？」

「小麗唔好⋯⋯小麗唔好⋯⋯」她只是重複這一句，我也不好多説。

走出客廳，只見盈蘇的神色有點不安，不斷地看着手錶，似乎是在等什麼。

「仲未得？」她問南門蔚。

南門蔚搖了一下頭。

「對唔住呀，我頭先講嘅係過分咗，我無諗過小麗唔係你嘅親生女，你仲收養佢，係一個好人。」我誠心地向她道歉。

她見我道歉，也放下戒心，説：「小麗係我嘅心肝，我當然知我做緊嘅嘢係對佢唔好，但佢父母死晒，又無人肯收留佢，唯有臨終前託付畀我，我唔當佢係女可以點。」

這職業還要多養一個小朋友，其實好不容易，我為自己剛才的言行感到慚愧。

「一定會好難捱。」我説。

「當然啦，乜嘢都會擔心佢。佢學業呀、識唔識到朋友呀……健康呀……或者係安全……」此時她越説越細聲，面有難色。

「唔緊要，佢而家無事咪得。」

「係……係……佢會無事、佢會無事……」她喃喃自語，感覺有點神經質。

南門蔚在旁一語不發，只單單看着盈蘇。

「盈姐……」

小麗從廁所出來，仍是背着我們。

「盈姐……」

「小麗，入返去！」盈蘇想起身，卻被南門蔚阻止。

「停。」

「我去睇佢就得啦。」我舉手自薦說。

「唔使！」盈蘇緊張地道。

「放心啦。」

我步向小麗問：「其實點解妳唔轉身露真樣畀我哋睇？」

「盈姐話唔可以。」

「咁會無禮貌嘅。」

「真係要轉？」

「當然，學校應該有教面對面對住人係禮貌。」

她緩緩轉過身來，正面仍是一條辮子。

「我嘅真樣……就係咁。」她說。

我嚇得退後幾步,從未見過如此嚇人的相貌,說:「妳……妳係鬼?」

「小麗!」

這時,盈蘇已經衝過來,擋在小麗的身前。

「我唔明……」我說。

「你仲唔明?頭先一切都係呃我哋。」南門蔚說。

「呃我哋?係幾時開始?」我問。

盈蘇面有慚色地道:「對唔住……我都唔想,但為咗佢嘅復活……」

南門蔚目無表情說:「由一開始佢話有個奇怪客人已經係大話。妳只係想呃我哋上嚟,係咪?」

她咧嘴不語,等同默認一切。

「點解要呃我哋上嚟?」我問。

「唔係呃……唔係呃㗎，唔關我事，係有個男人要搵你哋，佢話……佢可以幫到小麗……但條件係……需要搵你哋上嚟咁就可以復活小麗。」她捉住我們的腿說：「求下你哋唔好走，小麗……佢就會可以返生……」

小麗原本只是一個天真無邪的孩子。

「盈姐你返嚟啦。」

每日黃昏放學回家，她都會一個人到街市買菜，煮好飯等盈蘇回來。

「嘩，好香喎，今晚有咩？」剛進門口的盈蘇也聞到香噴噴的食物味，令人垂涎三尺。

「係你最鍾意嘅豉汁蒸排骨！」

「叻女。」她摸摸小麗的頭。

小麗從不需要她勞氣，自動自覺做完所有家務、功課，兩個人雖是被社會歧視的一對，卻樂得自在，有對方在生命中便足夠。

盈蘇一邊看小麗的功課，一邊吃她整的排骨，她一直默默地為小麗儲錢，準備將來供她讀書。

「盈姐⋯⋯今日呢,放學嘅時候,我見到一個黑衫嘅男人。」

「黑衫嘅男人?無乜嘢呀,每日都好多着黑衫嘅人。」

「但佢好奇怪,全身都黑色衫,仲有戴住黑色眼鏡,一直望住我。」

「喔?喺邊?」

「學校門口,不過跟咗我一陣就無啦。」

「可能咁啱⋯⋯妳有事再同我講,等我去接你。」盈蘇內心有種不安感。

「好。」

到了第二天放學,門口仍是那個黑衣人。

小麗嚇了一跳,轉身入校,想打電話給盈蘇,不過盈蘇工作繁忙,電話當時接不通。

「老師,可唔可以陪我行一段路?」

聰明的小麗,馬上想到找老師幫助,學校的陳老師帶小麗過了馬路,走了好一段路才回校。

小麗也放下心頭大石，途中再見不到那個黑衣人。

當她坐行人天橋的升降機時，入軌按掣後，卻感到不安，回頭一看，竟是黑衣人。

「啊！」

小麗從天橋被扔出馬路，正中一輛高速移動的貨車，捲入車底，輾得面容扭曲，整塊頭皮移位到面上。

盈蘇一直痛得暈倒入院，後來她發現小麗的靈魂回到家裏，雖然二人能重聚，但小麗的人生已完，她不再是陽間的人，而是陰間的鬼。

一天在工作時，一個男人來找她，他行為怪異，付了肉金卻沒有什麼行動。

「妳想唔想妳個女復活？我可以幫到妳。」他説：「只要變成殭屍，長生不老。」

她心裏一怔，雖不知他為何會得知此事，還是罵道：「黐線⋯⋯」

「妳唔想永遠都見到佢咩？」

「咁⋯⋯有咩代價？」

「幫我搵韓壬辰出嚟。」他説。

盈蘇就這樣,把整件事一一交代給我們。

「就係咁……佢話搵你出嚟就得……小麗就會重獲新生。」她掩着面説。

「靈魂離開肉身後,只要再注入屍氣,都只會係活屍,小麗嘅靈魂都係唔會變返人。」南門蔚説。

「咩話?」

突然有東西破門而入,衝進屋內。

定睛一看,正是兩隻穿醫院病人的白殭,突門而入,牠們看我們在此,順勢撲向我們,張口露出變尖牙利齒,舉頭就咬。

「嘩嘩嘩。」我嚇得回頭倒後。

南門蔚反應迅速,雙手夾住兩張紅符,同時往牠們的額頭貼去,符文亮光時,盈蘇卻衝過來,大喊:「唔好呀!佢哋係救小麗嘅希望嚟!」

「佢哋唔係。」南門蔚吼道。

「變咗小麗做殭屍就會有用咩？」我説。

「我淨係知唔可以無咗佢……」

「盈姐，」南門蔚説：「生離死別係每個人都要經歷嘅事，即使小麗好後生都好，死咗就係死咗，雖然我知道係好痛，就係好似有人格硬抽走你生命中嘅一部分，但……現實就係無得返轉頭，生命就係咁無常，我應承妳，會搵兇手出嚟，但希望妳都放低，因為小麗變咗殭屍，只會害佢一生。佢唔會咁因為復活咗就快樂。」

盈蘇哭得死來活去，小麗則在旁安慰她。

「媽媽……」

盈蘇一怔，緩緩抬頭望着她。

「唔緊要㗎，小麗唔緊要。」

南門蔚再次按手在符上，兩隻殭屍被無名之火燒成灰燼。

「安息。」

隔了好一段時間，我們出席了小麗的喪禮。

　　盈蘇面色已經比之前好，起碼是紅潤不少，而小麗也離開這個世界，南門蔚說這是對小麗最好，留在人間只會害她。

　　火葬後，盈蘇對我們點點頭道謝：「多謝你哋嚟送佢最後一程。」

　　「妳而家好啲無？」我問。

　　「嗯，我會搵一份新工，好好再開始，泰國嗰邊有個舊同事話想我過去幫佢，應該係新開始。」她說。

　　「我哋都會嚟探妳。」我說。

　　「記得嚟搵我呀。」她說。

　　「一定。」南門蔚說。

　　三人互相擁抱，我們就這樣道別盈蘇。

　　「點解有啲鬼可以留喺人間，有啲唔得？」離開火葬場時，我問。

　　「被害嘅鬼，好容易積怨，即使今日唔會，之後都可能會，就會變成地縛靈。而無變、可以留喺人間，都未必一定好。」

　　「點解？」

　　「因為佢哋有心事未了。」

　　「咁妳係咪有心事未了，我嗰時見妳講到好感同身受。」

　　「關你咩事。」她說完這句，就不再跟我說話。

第四街 呂嬸老公

與我們同住的呂嬸，她是一個保安，在尖沙咀的一幢
大廈上班，為人有禮，恭敬可親。

但她的女兒呂子璇則是完全相反，跟南門蔚的冷酷不
同，是態度惡劣那種沒有禮貌。

有次我跟她相遇在門前，她剛好放學回來，身穿啡色
格仔裙的校服，不過明顯裙改短過，只及大腿的一半。

她確實如 AV 仁所說，是一位美女，啡髮高馬尾，水
盈大眼、五官精緻，膚色是健康的麥色，跟南門蔚比是另
一種漂亮。

她一踫見我，就不好說話：「哼，仲以為嚟咗嘅係一
個靚仔。」然後從我身邊經過。

吓？

我呆在原地，完全不懂反應。

吓？

我有什麼得罪她？

AV 仁剛好路過，拍拍我的肩膀説：「呂子璇係咁，往好方向諗，佢份人都幾真，唔講大話。」

就是這樣，之後的日子我非常怕會遇見她，誰知道她又會説什麼話來損我。

呂嬸經常夜班不在家，呂子璇也是經常不在家，而且一在家就會有陌生的男子進出她的房間，有時是西裝男，有時是大叔，反正是人家家事，我也不好説太多，不過每次遇見呂嬸，總覺得有種對不起她的感覺。

由上次妓女盈蘇事件後，南門蔚知道我的不濟，開始教我捉殭屍的術數，第一步便是用氣的方法。

「我哋可以靠外界嘅道具去捉殭屍，包括我之前用嘅紫線、你用過嘅靈動相機，呢啲嘅好處就係方便，而且唔需要任何技術。」她説。

「都唔係㗎，我影相好勁好有技術，唔信妳可以畀我影下。」

她無視我，繼續説道：「所以上乘嘅制屍方法，就係符同埋驅屍劍。」

「驅屍劍？就係妳上次用過嘅把？」

她從袋中掏出一銀色劍柄，輕輕一動，伸出血紅色的劍身，這次近距離觀看，才看見劍色光滑無痕，閃爍耀眼。

接着她拿出白色的符，說：「符有兩種，一種係活咒符，用嚟畫落結界、開光、或者滅火都得。另一種係驅魔符，用嚟傷敵，可分為水符、火符、雷符、土符。」

我好奇問：「係咪妳第一次趕屍有用過。」

「活咒符，落咗結界所以佢入唔到嚟。不過有時限，通常都係十二時辰。」

「但我喺電視睇到嘅符多數都係黃色，點解妳嗰啲都係白色？」

「因為未注入墨氣。」

「墨氣？」

「所有嘅嘢都係用御氣而使，以墨氣駕符、駕劍，唔同屬性嘅墨氣出唔同嘅符。」

「點可以做到呢種呢？」

「緣督以為經。」

「唔係莊子講㗎咩？」

她雙指輕夾着白色符，符文變紅，符頓時變成天藍色。

天藍色的符再貼在牆上，源源不絕的水湧出，她撕下後，水就頓時不見。

「無錯，以神遇，而不以目視，官知止而神欲行，依乎天理，注入墨氣。」

「解牛？我唔係想學點樣解牛喎。」

「世上嘅道理無萬不變其中，趙普睇論語可以治國，你覺得佢係解牛，咁咪真係解牛。」

「慢慢你會睇到屍氣所在，所以而家第一步⋯⋯」

「第一步？」我問。

她帶我到廟街的街市，找一個叫鵬哥的人。

鵬哥赤身露肩，是街市的豬肉檔大佬，他一口叼菸，噴出迷幻的煙氣，用麥兜的身材、張國榮的眼神說：「就係佢？」

「係。」南門蔚説。

「係?係咩?」我緊張道:「妳要賣我豬仔?」

「屁股都多肉,唔錯。」鵬哥説。

「哈哈,一睇鵬哥一身打扮就知道你係英雄好漢⋯⋯」我轉頭問南門蔚:「我唔使賣屎忽㗎可?」

「唔使講咁多啦,斬啦。」鵬哥一下推我,着我拿起刀。

之後幾日,我痛苦得想死,每天都在街市斬肉,人流眾多,忙得不可開交,斬了好幾百次肉,手都麻了,腳也震了,回到家只想躺在牀上,完全發不上力,貼了數十塊「殺龍巴斯」在身體也舒緩不到我的痛楚。

「點?想放棄啦?」南門蔚推門而入,問。

「好痛呀⋯⋯」

「當然,鵬哥嗰檔喺最出名,每日都好多人嚟。」

「我斬到就想死。」

「你有無諗過,可以唔使斬得咁痛苦。」

「吓？」

「試下諗多次莊子嘅緣督以為經。幻想自己內心有一道氣，御氣使劍。」

呼……

我照她的指示，閉上雙眼，沉着氣，身體似是有一道氣在其中，但無形可捉，不知如何控制。

當我嘗試強行控制那道氣時，胸口便非常刺痛。

「啊……」

「係叫你順氣而行，而唔係想操控佢。」

這時，一陣吵鬧聲，是呂子璇大叫救命的聲音，我們衝到她的房間，只見她半身赤裸，校裙和內衣褲散在地上，身上正被一個大叔騎着，她一邊推開他，一邊大叫不要。

「喂！」我大聲喝止。

我們拉開那男人，他見我們進來，嚇得腳震，急忙拿起褲子就跑，臨走前還大吵：「係雞又唔界上，扮上菜，黐線！黐線！」

「妳無事？」南門蔚替她披上外套。

「走開呀！」她臉紅耳赤，淚流滿面，雙手抖震似是仍未鎮驚。

「Sorry，係咪搞錯啲咩？我哋救咗妳喎。」我皺眉質問。

「使乜你哋救……」她說。

「妳做 PTGF 其實好危險，點解要做啫？」我問。

「又關你乜事呀？好多事呀你！」她反問。

「咁妳一陣又遇到呢啲事又要我哋救呀？」我不客氣地說。

「唔使你理，你哋多事……」說罷，她竟然又流下淚來。

南門蔚搖搖頭，示意我到樓下串燒店等，自己留在房內陪伴她。

此時已經深夜，鬼市旺盛，眾鬼開始遊市，亮燈做生意的做生意，買東西的買東西，就像人間的世界，沒有什麼分別。

　　鬼婆婆的串燒店也開門，她見我到來，就招呼我坐在門口外的那枱。

　　「後生仔做乜嬲爆爆咁？」鬼婆婆問。

　　「妳都睇得出？」

　　「點會睇唔出，你平時笑臉迎人，今日黑到乾柴咁。」

　　「唉唔好提，幫咗人仲要畀人鬧返轉頭，你話有無天理？點解要自甘墮落啫？」

　　我見鬼婆婆沒有說話，一時間害怕自己失言，便問：「死啦，老婆婆，你生前唔會都係……」

　　「咁又唔係，不過我生前都係喺廟街呢度大，見證好多風塵女子，佢哋有啲係自己攞嚟，不過都有好多係一時錯或者唔係自願，你咪問下佢囉，唔係咩……施比受更為有福咩？」

　　「老婆婆你係啱嘅……」

　　我想起南門蔚曾經說過，留在人間的鬼，多是有未了的心事，便問：「老婆婆你係咪有咩人好掛住？」

鬼婆婆說：「每個人都總有啲遺憾嘅。老婆婆唔多唔少都有啲，都係好耐之前嘅事囉，而家講返出嚟都笑死人。」

鬼婆婆年輕時風華絕代，不少男生都拜倒在她石榴裙下，追求者不絕。

選擇越多，越不容易尋找到一個真心的，新鮮感完，又再開始新一段感情，來來去去，她總是遊走在不同男生之間，但不用緊，因為她能有許多選擇。

唯獨一次，她是傷害了一個最純真的男生。

故事未完，她就忙於做生意，招呼客人。

我喝了一口啤酒，不久後南門蔚來到，她見我的氣還未完全消下，就叫多幾串雞肉。

之後的幾天，我都沒有見過呂子璇，反正她也不常在家。

我也沒有太多時間去思考，原因是我在街市忙得要死，每天斬肉的工作讓我腦海根本沒有空閒想其他事。

「咦，你斬得快咗喎。」鵬哥說。

「係咩？」

自從聽了南門蔚的說話，雖然我仍然覺得抽象，只是多幻想腹中有一股墨氣注入刀內，起初是什麼改變也沒有，如普通刀一般，但漸漸我不知道是斬得太多出現幻覺，還是什麼，我開始看見豬骨和骨之間的紋理，切得順手，本來一日斬得三百塊，開始變成半日三百塊，一日上千塊也不是問題。

倒是鵬哥的一日讓我驚奇。

「係咪我錯覺，你把刀點解紅咗？」

「係咩……」我拿起刀看，確實有一對紅光在其中。

奇怪。

「鵬哥，我想問係咪每一個人都會嚟你呢度學刀？」

「當然唔係，我從未見過南門蔚帶人嚟，平時個個都怕咗佢，你係佢拜托我嘅第一個。」

不知為何，聽到鵬哥這番說話，心中竟有點喜悅。

之後我的大假放畢，繼續回到殮房接收屍體。

接收屍體沒有什麼好奇，奇怪是家人竟是呂嬸和呂子璇。

「呂嬸……？」我有點錯愕，沒想到在殮房會遇見熟人。

呂嬸眼紅紅道：「麻煩你……係我老公。」

躺着的人是一個六十多歲的男人，身材瘦小，頭髮花白，樣子倒是挺英偉。

如果是呂嬸老公，那麼他們應該離異一段時間，因為我從未見過呂生出現過。

呂子璇忍不住痛哭起來，甚至是差點被侵犯的當日也沒有這麼大反應。

呂嬸見狀，也淚水滿眶，想拍一拍呂子璇的背，但呂嬸靠近時，呂子璇就移開一個身位，似是不想被她靠攏，只餘呂嬸的手停在半空。

過了一日，我跟 AV 仁、南門蔚到殯儀館出席呂生的喪禮。

　　南門蔚穿了一條的黑色連身裙，頗合襯她的冰山美人氣質。我跟 AV 仁則是全黑的襯衣西褲便是。

　　我們三個人到場，三鞠躬後，呂嬸感激地道説：「有心有心。」呂子璇也洗去平常的傲氣，對我們點點頭。在閒聊間，我才了解到呂嬸一家的故事。

　　呂嬸一家原居於屯門，相處樂也融融，算是小康之家，呂生非常疼愛子璇，時常帶她到處遊玩，子璇最愛就是父親帶她去公園玩鞦韆。好景不常，壓力山大的呂生開始沉迷賭博，借此解壓，可是越賭越大，結果將樓層賣掉還債，他們開始大屋轉小屋，小屋轉租屋。

　　「對唔住，我本身想畀更好嘅生活你哋……但我信錯咗一個消息，如果唔係就會翻身。」呂生説。

　　「輸咗今次唔緊要，我哋咪再嚟過囉，最緊要你唔好再賭。」呂嬸道。

　　丈夫也答應了會戒賭，重新做人，果然也如此，不久後他們又再成功儲錢上樓。

　　可是，上樓後，她的丈夫又染賭癮，這次一下賠上所有身家。

117

「我真係會戒⋯⋯呢次真係戒⋯⋯」呂生抱着呂嬸的腳，哀求道。

他們開始要搬到唐樓，這也不要緊，但呂嬸又發現她的丈夫在這賭海沒有離開過。

「信我一次。今次會翻身，真係會⋯⋯」

呂嬸丈夫開始不再上班，終日流連賭場，甚至嫖妓，染上性病。

每日都有人拍門追債，甚至追到呂子璇的學校。

呂嬸說到這裏，不禁流下眼淚：「我真係唔知幾時佢會賭到賣咗我哋個女，所以我先決定要離開佢。」

「但呢啲子璇都唔知，佢淨係覺得我離開佢爸爸，喺佢生意失敗時離開佢。」呂嬸續道：「不過人都死咗啦，都無乜再好講。」

「辛苦妳啦呂嬸。」我說。

「我相信子璇有一日一定會明白妳嘅用心。」AV仁道。

南門蔚只是跟呂嬸擁抱一下，沒有說什麼。

一時間人有三急，去了一趟廁所後，我又單獨在走廊遇見呂子璇，心想真是尷尬無比，誰知她會不會又發脾氣，但在我們經過的一刻，她輕聲説：「對唔住。」

喔？

有一秒我以為自己幻覺，可是回過神來，才意識到她……

道歉嗎？

看來她也不是太壞。

「你做咩呆咗？」

「無……原來妳都會道歉㗎？」

「係就係，唔係就唔係，錯就一定要認，呢個係我做人嘅宗旨。」她説。

有一秒我挺佩服這個十多歲的女生。

「而家爸爸走咗，你要同你媽媽好好生活落去。」我説。

「邊個要同佢生活？一夠錢我就會搬！」她又回復野蠻的個性。

「呢個就係妳做 PTGF 嘅原因？」

「係咁又點？」她不滿地問，防衛機制大開。

「妳唔驚咩？」

「咁一係你教我點快啲賺到錢？」她嘲諷説。

「點解要賺快錢？」

「因為我唔想對住呢個女人⋯⋯」

就在我們談得不停之時，卻聞到一股奇怪的氣味，無以名之，但是像腐爛食物的味一樣，飄在四周，定睛一看，似有一股森綠的炊煙在空中四散。

「⋯⋯」

「你望咩？」呂子璇順着我的方向望去。

「妳見唔見到？」

「見到咩？」

「嗰度有啲綠色嘅氣。」我指着綠氣所在的遠方。

「無喎。」她左右顧望，斜目而視説：「唔使咁玩我嘅。」

「妳真係見唔到？」

「得，我知上次係你救咗我，多謝囉，唔玩啦。」

「吓？」我感到莫名其妙，只見那煙飄出的地方，正是呂生的靈堂。

回到靈堂，我見南門蔚也神色凝重，站在門外，不斷觀看停屍房內。

「我呢……啱啱見到……」我想對她説，卻已被她截斷。

「煙？」

「係啊，妳又知嘅。」

「你有啲進步，係屍變緊嘅氣。通常殭屍形成後先有，但你而家都見到，證明你學識用氣，唔同咗。」

被她一讚，我有點飄飄然的快感，説：「咁……我係咪變咗高手？」

「基本步嚟，離高手差得遠。」

「等等先，如果你講屍變緊……即係？」我大感駭怪說：「呂生屍變緊？」

「極有可能。」她說。

AV仁一直在逗喪禮的女賓客說話，見我們竊竊私語，便湊過來問：「你哋傾緊咩？」

「無，你估你有無方法問到，究竟呢度嘅人邊個負責呂生條屍？發生過咩事？」我問。

AV仁的交際的手段一向比我們優勝，這個角色由他去做自然不過。

「無問題。」

過了一會，AV仁已經搭通殯儀館的天地線，回來說：「有個叫財叔嘅話，佢有負責睇住下面個雪房，不過無乜特別，無人點過條屍，係打咗防腐啫。」

「防腐？」

「殯儀館係鍾意叫人打防腐去呃錢㗎啦，但嗰日負責開防腐嘅鳳姐有事，變咗一個着黑衫嘅男人嚟。」

我跟南門蔚面面相覷，我問：「係咪着黑色大衣，戴黑超？」

「咁呢層我又唔知啦。」

「瞻仰遺容之後再睇下點，我唔希望呂孀佢哋又受第二次喪夫之痛。」

「妳都幾有感情。同妳外表好唔一樣。」

「收聲。」

到了瞻仰遺容，我們各人魚貫地進入瞻仰室，出來後，我對她說：「好似都無乜嘢啫，個樣都係差唔多。」

她卻神色沉重地說：「呂生已經屍變緊，要有心理準備。」

我們陪伴呂孀守夜，呂孀一邊摺衣紙，一邊細訴她跟丈夫當年的感情。

早在一旁聽着的呂子璇，站了起來，一面不快，眼睛通紅地說：「如果妳真係咁愛佢，就唔會喺佢最需要妳嘅時候離開佢啦。」

　　她這樣的反應倒是平常，因為呂嬸不想破滅她對父親的幻想，她自然不解父母離異的原因，只是這樣卻苦了呂嬸，一直成為罪人。

　　「呂嬸。」我想說話，呂嬸卻示意我不要。

　　呂子璇一下就跑入瞻仰室。

　　過了一會，就傳出她的呼叫聲，我們立即衝入室內，只見呂生整條屍已經站了起來，成為一具殭屍。

　　呂嬸見狀，幾乎暈倒，驚問：「點解……會未死……」AV仁更是吃驚地叫：「咁……咁激？」

　　「殭屍。」南門蔚說，話語間已經從袋中拿出劍。

　　「殭屍？電視入面嗰啲長生不死嘅殭屍？」呂嬸問。

　　「係，都中中地。」我說。

　　這時，我無意中瞥見呂子璇的樣子起了變化，眼神仿佛由悲傷變成盼望。

　　「呂嬸，對唔住，本來都想呢件事係我估錯，但而家佢變成殭屍，就一定要收咗佢。」南門蔚說。

呂生的臉已由青色變成漸白，眼睛是灰白，看來是一隻白殭。他由迷迷糊糊之中，逐漸甦醒，回復意識。

「老婆……女……」牠深情地道。

「呂嬸，佢係殭屍。」南門蔚説：「唔好心軟。」

呂嬸掙扎不已，最後痛苦地道：「我明。」

南門蔚欲上前一劍了斷他時，卻忽然被呂子璇一下抱着不放，纏住她的手。

「對唔住！唔好傷害我爸爸……佢係我爸爸㗎……」呂子璇説道。

「你爸爸已經死咗，佢只係怪物。」南門蔚説。

「唔係㗎！」

呂子璇死纏不放，呂生見有機會，一下就跑了出去，破窗而出，逃之夭夭。

我們各人衝出去追，去到殯儀館門前，只見空無一人，沒有牠的足跡，不知去向。

「一日最衰都係我啦，累到佢無老豆，而家仲……唔知點解搞到佢變咗隻殭屍出咗嚟。」

「呂嬸，呢啲嘢邊有得怪自己，不過妳都唔好過分偉大，保護得太多，隱瞞得太多，搞到妳個女唔明白妳，反而疏遠妳同佢嘅關係。」我説。

「係呀，咁樣好可惜㗎，佢會終身都唔認妳，而家嘅關係先最重要。」AV 仁幫口説。

說到這裏，呂嬸終於意識自己或許有點地方做得不好，將所有事歸於自己責任不是一件好事。

「咪住。」南門蔚突然剎停，AV 仁一個鼻子撞了上去。

「嘩，撞死我咩？」AV 仁摸摸鼻子道。

「做咩事？唔係追緊殭屍㗎咩？」

「係……不過我覺得……佢唔喺度，無晒屍氣。」

「咁會喺邊？」我問。

「死！」

　　她回頭就跑，我們都不明其因，只好跟着她身後，結果又回到殯儀館。

　　「做咩？佢唔係走咗㗎咩？」

　　回到靈堂，只見呂子璇驚慌地轉身，見到是我們更是吃了一驚。

　　「子璇，殭屍有無返過嚟？」南門蔚問，同時小心翼翼地踏前。

　　「無……」子璇回答。

　　「真話呢？」

　　「真係無呀！」她激動地説。

　　「妳知佢係殭屍㗎，係會咬人同害人，佢已經唔係你爸爸。」南門蔚繼續緩步向前説，左手掏出劍柄。

　　「璇，妳咪講真話囉。」

　　「收聲呀，如果唔係妳，我哋點會變成咁？」

　　此時南門蔚貼上白符在牆，紅光一閃，變成一張土黃色的符，一陣似電流之物傳入房間。

不多時，呂生又再彈出，南門蔚上前欲收，但被呂子璇擋所在前。

「唔好殺佢呀！佢係我爸爸嚟，最後一個錫我嘅人！」她説。

「唔係，錫你嘅人有好多，包括我哋，同你媽媽呀。」AV仁説。

「黐線，亂講！我媽咪點會理我，係佢離開爸爸先！」她搖頭道：「殭屍又點，都係我爸爸……」

南門蔚輕聲説：「我強行收咗佢。」我大叫不好，説：「咁可能大家都受傷，畀次機會我。」

「喂呂子璇，點解妳唔識調轉諗，係妳媽媽為咗妳先離開妳爸爸？」

「咩意思？」

「有時唔係一段婚姻強行一齊就叫幸福，係妳媽媽為咗妳，先唔離婚，同時亦係為咗妳先離婚，其實最傷係佢，妳又有無諗過？」

她終於冷靜過來，眼神漸漸動搖。

「當年係妳爸爸太爛賭，妳媽媽為咗妳先離婚。」

「真？」她望向呂孀。

呂孀點點頭，緊張地說：「過返嚟啦！」

「點解唔講……」

「因為妳心目中，爸爸係最好嘛，我唔想破壞佢喺妳心目中嘅形象。」

「……」

「過返嚟啦！」

　　她想走時，卻被背後呂生一手捉住，呂孀不顧危險衝了上前，用身軀護着她，正是呂生發瘋要咬呂孀時，在危急存亡之秋，南門蔚急拋了一把劍給我，我接過後，有點不知所措。

　　「墨氣。」她提醒道。

　　「緣督以為經。以墨入氣。」

我心中只想着這兩句，運氣入劍，劍柄伸出血紅色的劍色，頓時我的眼睛一熱，只見呂生身上有着的不同流動中的綠色紋理，如同透視中的血管一樣浮動。

我順着綠色紋理最深的地方，一劍疾刺入呂生的胸口，森綠氣的屍氣沿傷口傾出，牠的眼睛終於變回黑色。

「對唔住呀……老婆……對唔住呀……女……我到死前都係傷害到你哋，好對唔住……」

「唔緊要呀……唔緊要……」呂嬸已經哭成淚人，眼淚和鼻水混成一體，完全分不清。

「究竟結婚有咩意義。」南門蔚問。

「咁唔係每一對夫婦都失敗嘅。」我說。

這晚，殯儀館出現一具乾屍，他們還以為是自己冷氣房故障導致呂生變成這樣，想向呂嬸賠一筆錢，呂嬸當然推卻了。

事件擺平，第二日如常的出殯禮，在火葬場時，呂嬸遲遲未按火化掣，呂子璇見狀，上前抱住呂嬸，二人一同按掣，將呂生的屍火化。

人火化後，只餘下不多的骨灰，只有一百多克。

在海撒的時候，灰通過一條長長的管道進入大海，融入大自然當中。

撒灰禮那天，南門蔚要開檔，所以沒有來，只有我跟 AV 仁出席了。

在灰入大海後，所有事都成了。回程之際，我望着大海發呆，呂子璇走近來。

「多謝你，我同媽媽嘅關係好返好多……」

其實她不發脾氣時，樣子是挺漂亮的。

「你明就好啦，其實呂嬅好錫妳，唔好再做啲嘢去激佢或者令佢傷心，潔身自愛一啲。」

「我唔會㗎啦，不過無錢點得，除非你養我啦。」

「吓，」我被她這番言論嚇得心跳加速，説：「妳有手有腳做其他嘢都得啦，使鬼我養咩。」

「你鬧完我唔負責㗎？」

「我哋差咁多年，咪玩啦，我唔係妳啲客。」

「你嫌棄我呀？」

「咁又無。」

「咁得啦，你養我。」

解決完一個問題，另一個又油然而生，我快被她煩死。

此時，破浪聲劃然而止，一隻大渡輪船經過我們。

原本普通的船，其實沒有什麼人會特別留意，我也只是餘光瞄一眼。

奇怪是，我感覺不到整艘船有任何人在移動。

「妳覺唔覺得有啲奇怪。」我問。

「你唔好諗住扯開話題喎。」呂子璇說。

「唔係呀，頭先經過我哋隻船嗰度嗰啲人好似全部都無精神，似鬼咁樣。」我說。

「隻船去邊㗎？」

「呢個方向好似去長洲。」

當時我們仍未知道，一場巨大的暴風雨即將來臨。

第五街 新娘潭冤魂

自從那件事後，我就被一隻鬼一直纏住，那隻鬼叫呂子璇。

「喂呀，你又話帶人去迪士尼公園。」在屋企的廁所，我正刷着牙的時候，她就在我耳邊「嗡嗡」叫，好像一隻煩人又打不死的蚊子。

「@$@$@%（*Q@%*@%」（刷牙聲翻譯：我幾時有講過呀大姐？）

「有呀，你發夢嘅時候有講過。」

漱口後，我說：「喔咁易辦啦，咁妳搵返夢入面嗰個我負責咪得囉。」

「而家人哋瞓唔返啦，要你負責。」

「我真係負責唔起。」

說實話我明白她只是少女青春期妄想，即是有個人對自己有一點關心就當作偶像。

剛好南門蔚經過，我急向她求救。

「救命呀師父，幫下我啦。」

她冷眼地道：「點解？你哋嘅事關我咩事。」

「吓。」我捉住她的手說：「妳唔係咁絕情呀嘛？」

「係。」南門蔚一下掙開我的手，回到自己的房間。

這下子到呂子璇捉住我的手不放。

「嚟啦，我哋去玩啦，一係去海馬公園，我想玩鬼屋好耐！有個妙齡少女陪你呀，你應該開心！」她說道，一邊拉着我，我拖着她由廁所回到大廳。

「呂嬸早晨。」呂嬸剛從廚房出來，我就像發現救星一樣撲向她。

「媽……早。」呂子璇開始變得對呂嬸有禮，不過仍是適應階段，雙方都有點不習慣。

「呂嬸……不如你帶子璇去海馬公園玩下，你哋兩母女應該好耐無去。」我進諫道。

「但我要返工，不如壬辰你幫我帶佢去玩？順便同佢解下悶，最多呂嬸出錢。」

「好 Yeah，多謝阿媽！」

「呂嬸，唔係呢個問題……」

但呂嬸開到口，我也不好推卻。

幸好的是，我捕捉到正要出門口的 AV 仁，幾番哀求下，他便跟我一起去，他還帶來小君。我們四個人便開始海馬公園之旅。

我有五六年沒來過海馬公園，大概是中學之後就沒有，感覺許多事物都變了，變得不一樣。我們第一步就參觀水族館，子璇全程都像一個剛接觸世面的小女孩，看見新事物就會一直都在哇哇大叫。

「呢個咩嚟㗎？」

「喂！你睇下條魚好大。」

新的水族館相對我以前小時候參觀那一個，是翻新過，但沒有從前的落地大玻璃，是看魚看得不夠愉快，不過我仍喜歡在這種置身海底世界的感覺，安舒寧靜，如一條魚在海中自由自在暢游。

　　小君相對於子璇，則安靜得多，好像一個乖乖女，只默默地伴在 AV 仁身邊，細聲談笑，有氣質得多。

　　畢竟子璇是個青春少女。

　　「對唔住，呢隻人好煩，會唔會嘈到妳？」我問小君。

　　「唔會呀，子璇妹妹好得意。」

　　她伸一伸脷，對我做鬼臉說：「聽到未呀，人哋都話我得意。」

　　「叻啦你。」

　　「咦。」AV 仁忽然指着前面，說：「嗰個咁熟口面？」

　　穿了淡紅色連身裙的那個氣質女生，竟是南門蔚。

　　完全想不到她會穿有顏色的衣服，平常她整個人都冷冰冰的。

　　她也會來這種地方？這倒讓我感到驚奇。

　　「妳……」

　　我們相遇後，我不由得問：「妳點解會喺度？」

137

「因為有魚？」她說：「水族館當然係睇魚。」

「妳又話有嘢做。」

「我係有嘢做，就喺呢度。」

「唔好同我講呢度有殭屍。」

「係又點唔係又點，你哋唔係嚟玩咩？仲顧咁多做嘢做咩？」

「當然唔得，我係你助手嘛！」

「咁不如一齊啦，反正妳都係玩緊。」AV 仁説。

「唔啦。」她説。

「一齊啦！妳都唔急啦。AV 仁都帶咗新朋友小君嚟，無理由咁唔畀面。」子璇説。

「小君？」見南門蔚對這個名字有反應，我才想起小君就是介紹盈蘇來找我們的那一個。

南門蔚望望手錶，心中似是衡量時間後説：「都好。」

為什麼我説就不行……

上山後，就是機動遊戲的世界，子璇一路狂飆，奔到海盜船的底下，興奮地指着説：「我哋玩呢個呀！」

「好呀。我可以。」小君最無所謂，點頭應道。

「好刺激㗎啵。」AV 仁問：「妳得唔得㗎？」

子璇挺胸説：「我當然得啦。」

AV 仁沒好氣説：「我唔係問妳呀，我問小君。」

「我 OK 呀，唔使擔心我喎。」小君説。

「吓。真係玩呀？」我説。

「做咩你驚？」AV 仁奸笑道。

「咁又未至於。」我説。

「咁去玩啦。」

一行人起行後，卻見南門蔚停在原地。

「做咩唔行？」

「無……」

當上船後，他們想要刺激便坐在前座，我這些心臟不好，只好自己坐後排，誰知南門蔚也坐在我旁邊。

「咦？」

我以為她不喜歡我，應該會跟她們一起。

當海盜船起行，以時速 120/KM 拋動我們時，南門蔚的手捉緊我，看她冷汗盡冒，樣子卻死撐，我覺得有點可愛。

「驚就叫出嚟，無咁驚㗎。」

「……」

她還是閉嘴不語，但手有點震。我便拍拍她的頭，她頓時瞪了我一眼。

回到地面，我見她血色蒼白，就對其他人說：「嗱，我頭先玩到有啲暈，南門蔚可唔可以陪我坐陣。」

「你無嘢呀？我陪你啦。」子璇問。

「唔使啦，南門蔚就得，妳邊玩得夠喉，繼續去玩啦。」

　　他們就歡歡樂樂繼續去玩過山車，只餘我跟南門蔚坐在餐桌休息。

　　「做咩唔跟佢哋去玩？」她問。

　　「我驚妳死嘛。」

　　「多事。」

　　「我去買嘢食，妳要唔要？」

　　她猶豫想開口，卻是沒有。

　　當我們休息過後，他們就說要去鬼屋玩。

　　這是一座新建的鬼屋，範圍廣大，傳說是亞洲第一座水上的鬼屋，我們進入後，四周黑得不見天日，只感到地下是濕潤積水，播着恐怖的音樂加哀叫聲，小君嚇得緊握着 AV 仁的手。

　　「真係要入去？」我問。

　　「行啦。」她們說。

141

泡在水裏腳底滲來的冰涼感，比我自己心裏的寒意更寒。

「嘩！」

「做咩？」

「有人喺水底拉我隻腳……」

「咁真？」

五個人列成一隊，不斷被撲出來的鬼嚇到，化妝倒是真實，我也佩服，但當越深入鬼屋，水就越深，進入到中心位置時，水已淹半身，聽到一點怪音，四周滿是寒氣。

「噠。」

本來我在最後，只聽到排在前頭的 AV 仁驚叫：「小君……」

然後就是一陣撥水的聲音。

「咩事？」我問。

AV 仁說：「小君……唔見咗……被人拖咗入水。」

接下來，就是 AV 仁的叫聲，順着就是子璇也不見了。

「！？」

一隻慘白的手從水底捉住我的腳，只感到冰冷的刺痛感，我嚇得縮開了腿，南門蔚馬上右手捉住那手腕，左手拉着手臂，將之拉起，一個整身腫漲腐爛、穿紅色中式婚紗的女鬼被抽出。

「相機。」南門蔚説。

「係。」我急急忙忙掏出靈動相機，幸好自從搬到廟街以及做了南門蔚的助手後，我每時每刻都會帶着相機，一來是廟街入夜後多鬼，二來跟着南門蔚就等於無時無刻都有撞鬼的可能，因此要預防不時之需。

女鬼的雙手雙腳被重重捆上了鐵鍊，動彈不能。

「你哋係邊個？」她的眼睛是極陰森的黑色，還有黃色的眼珠，露出奸邪的笑容，問我們。

「妳又係邊個？」我問。

「我問先。」

「有無聽過問者先答？」我説，轉身對南門蔚講：「呢條友真係唔識規矩㗎喝。」

南門蔚白了我一眼，問她：「妳已經畀我哋綁住咗，都唔會走得甩，不如都係乖乖地講。」

「講？有咩好講？我完全無嘢要同你哋講，你哋一個二個都係衰人，一個二個都應該要死！」她歇斯底里地叫道。

「好重怨氣嘅鬼，今次唔使妳講我都睇得出。」我説：「快啲將我哋嘅朋友交返嚟！點解妳要喺呢度害人？」

「你啲朋友只有死路一條。」

「究竟點解要咁賤，殘害其他無辜嘅人？」我問。

「無辜！？咁我唔無辜？我就抵死？點解無人可憐我啊？吓！」她吼叫。

「佢係一隻好出名嘅鬼，專喺新娘潭附近殺人，睇佢應該生前受咗好大怨屈，所以變成隻厲鬼。」南門蔚解釋。

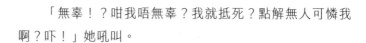

「小姐，妳都有啲料，不如做我替身。」

　　南門蔚沒有應她，我倒是緊張我一班朋友到底會否出事，急追問：「唔還返我哋啲朋友，我就會對妳唔客氣。」

　　「要還返佢地都可以，但係幫我做一件事先。」

　　「咩事？」南門蔚問。

　　「殺一個人。」她説。

　　「無可能。」南門蔚答。

　　我則哈哈大笑。

　　「妳咁勁，妳自己唔殺？」我問。

　　「怨靈係殺唔到害死佢嘅人。」南門蔚解釋。

　　女鬼再補充：「加上佢一直戴住好多鬼神佛牌嘢。我埋唔到身。」

　　「一係咁，我哋互不相干，你還返朋友畀我，我唔理你。」我説。

　　我知道南門蔚不會認同我的做法，只是當務之急救人要緊。

「唔要就算，但你朋友可能就無命啦。」她説：「我已經同殭屍有協議，佢哋今晚就會有行動，我嘅復仇大計就完成，唔使靠你哋。」

這時，幾經辛苦，她終於掙脱開鐵鏈，潛入水中不見去向。

我探頭落水，只見什麼都沒有，他們三個人也不見了。

「而家點算？」我問南門蔚。

「要搵返佢哋，只可以收咗佢先。而家唯有追住佢嘅怨氣。」

深夜的葵涌與平日的人流人往、熱鬧哄哄成一個強烈的相比，只有一片死寂，所有商店已關門，一片黑暗，餘下只有幾個霓虹燈的招牌斷斷續續地閃爍。

內街的一間殘舊酒店，有一個男人拖着兩個女人進電梯，深夜時分，電梯內沒有他人，他的左右手不安份在女人身上游走。

「哎喲，唔好啦。」那個女人説。

「嘻嘻，驚咩，一陣我再慢慢懲罰你呀！」那個男人説。

「好衰㗎～」另一個女人說:「咁今晚我哋就靠你啦。」

「服侍得我好,多多錢都得啦。」他笑淫淫地道,手游走在那艷妝的女生裙下,不多時她連連傳出嬌喘聲。

「啊⋯⋯唔好啦。」她望見那男人手上掛滿神佛牌,就問:「你戴咁多嘢嘅?又信神又信佛?」

「喔⋯⋯係擋住一個八婆。」

「呼。」

電梯忽然搖晃兩下,仿佛有東西從高處落到電梯頂,這突如其來的一下,嚇得那兩位女生破音尖叫。

「停!可能少少意外啫,無乜嘢嘅。」他道。

所有燈光倏地歸滅,後是一陣利物刮鐵之聲,磨得鐵咯咯而響,讓人心煩,又似是什麼東西掀起鐵蓋。

三人屏住呼吸,驚駭不已,面色全白,連一口氣都不敢透,冷汗盡出,心感是常理不能理解。

那兩個女人細聲道:「發⋯⋯發生咩事?」她們只是收錢辦事,沒想到會遇上這些怪事。

「啊啊啊啊！」

忽然一個女生嚎叫淒厲，聲音越來越遠，似是被什麼東西拖走。

「Melody！Melody！妳做咩呀？救命呀！」不出一會，餘下的女人同樣尖叫，似是被什麼東西拖走。

他發誓，剛才抬頭看見一對紅色的眼睛。

那男人按下警鐘，可是久未有人應門，等好一段時間，門終於緩緩打開。

無人的酒店走廊，地上有一灘水。

水灘慢慢伸出一隻慘白的手，接着右手又再伸出，又突出一個發臭漲爛的人頭。

「搵到你啦。」她説。

「又係妳條八婆？我會驚妳？」

「今次唔同……」她奸笑説：「你後面。」

他一轉身，後面就是一隻白毛遍體，目如丹砂，指如曲勾，齒露唇外如利刃的殭屍。

「救命呀！」

剛好我們從樓梯趕到，南門蔚扔出一道符，那符黏在牠的身上，黃光一閃，爆發一陣藍色火焰，引得牠轉身面對我們。

「救……救救命呀！」那男人順勢逃之夭夭。

「妖，又嚟搞住我。」那隻新娘女鬼又沿水路而逃。

「小心。佢係紅殭。」南門蔚說。

「我記得你講過白、黑、紅、黃、藍、綠、紫……咁紅咪勁過晒我哋之前嗰啲？」

「無錯。」

「紅殭有咩咁勁？」

「佢哋會用屍血做武器，血液具有腐蝕性，要非常小心。」

「咁我可以幫妳？」

「去追隻女鬼，要救返其他人。」

149

「好。」

可是牠擋住我的去路，那殭屍有一種不能言語的恐怖，腳一蹬，竟閃到我們面前，她左手拖着我退後，右手從袋中掏出一個精緻的墨色青冥劍柄，她咬一咬指，血沾在劍上，伸出比先前更暗血紅色的鐵劍身。

「你快啲走。」她說。

「我過唔到隻醜八怪呀。」我攤攤手說。

那紅殭受到挑釁，迎面衝來，她揮劍疾刺，從中間直指心臟，牠反應倒快，以利甲下撥，她順勢踏步向前一撩，劍筆直的在牠面前畫出一道血痕。

「嘩！好勁呀！」我不禁讚嘆道。

「收聲！」她怒瞪道。

這次牠似乎憤怒了，露出尖牙吼叫，再衝向南門蔚，二人近身交戰，不相伯仲，但看得出是她佔上風，招招幾乎刺中要害。

交戰數十招，忽然牠想撲咬她的長腿，反被她後腳一勾，直中頭部。牠吼叫，直撲而來她轉身閃避，這時我才發現牠是向我衝來！

連續撞擊下，我身體受到極大的傷痛，五臟六腑幾乎翻轉，全身的骨痛得如入烈醋。

牠利爪一下抓破自己的雙臂，流出黑紅色的血，南門蔚大呼小心，一下撞開我，只見血滴在地上，竟腐穿地板，開了一個大洞。牠想上前，她以劍格擋，用身位攔住牠的去路。

「仲唔行？」

「係係係。」

我忍着身體的痛，接着追出馬路。凌晨的街道空無一人，只有空洞颼颼的寒風聲，還有我急速的心跳聲。

「去咗邊度？」

跑到一個紅綠燈街口時，一個人影忽然從後撲向我，我轉身一看，竟是呂子璇，她全身濕透。

「點解妳會喺度？」我問。

「我逃走出嚟㗎，趁個女鬼唔為意。」

「咁其他人呢？」

「無事啦，佢哋都嚟緊。」

「無事？」

「我哋返去先，再慢慢講。」

我一時不知反應，諾諾應然，並肩而行時不為意地在店舖的玻璃反射中看見她的笑臉。

詭異的笑容。

我打了一個冷顫，問：「喂……呂子璇，點解妳行路無聲？」

我望向她的雙腳，正是離地半吋。

她對着我笑了。

「妳唔係呂子璇？」我説。

她見事情敗露，立馬露出兇惡的相貌。

「咁你做我替死鬼！」她道。

「影張沙龍先啦唔好講咁多。」我拿起相機就拍，一下就捕捉到她最醜的角度，一拍，她整個靈魂便被鎖住，脫離呂子璇的身軀，但前有先例，靈動相機的符文明顯是鎖不住她的靈魂，早晚她會破鎖。

呂子璇倒地，昏睡不醒，但沒有什麼大礙。

「究竟點解妳要追殺人？」我問。

她閉口不語。

「妳講咗我可能會幫妳喎……」我輕聲說畢後句：「亦都可能唔幫。」

她的語氣還是不減怨恨道：「係嗰個人害我先。」

女鬼叫阿四。

阿四是一個普通人，由於樣貌不出眾，性格內向，一直沒有男生接受，遑論追求。

中學，看着一個個同學拍拖，自己形影單隻，有時也深感淒涼已極。

為什麼她就不能拍拖？不能有愛人？

153

不是，愛情可有可無，她專注工作就可以。

她比任何人都更努力，加上她父母從商多年積下人脈的背景，她很快就成為金融公司的高層。

那一天，她要面試一個新人，他的名字是胡新海。

胡新海靦靦腆腆，是一個職場新人，什麼都不懂，面試時忘東忘西。她覺得他可愛，決定僱用他。

他作為下屬是不合格，跑不到單，也接不到客，但她還是會不斷過客給他，教他，指導他如何去開拓客源。

深夜，她還在辦公室工作時，聽到幾下叩門聲。

「入嚟。」

他捧着一個蛋糕進來。

「做咩？」

「今日妳生日呀。」

她已經很久不記得自己的生日，也沒有人會為她慶祝。

她感動得流淚。

自此，胡新海經常會拿甜品來跟阿四嘗試，阿四也不時會教他改進的方法。

對阿四來説，胡新海是她世界的唯一，二人漸漸在一起，她把他帶到自己的家，介紹給父母認識，連全家人包括妹妹也對他很滿意，説是一個好男人。

「不如我哋結婚。」他説。

這是她從未想過的願望，沒有預料自己竟有一天會實現。

有言道，當你上到人生的高峰，就是跌到谷底之時。

在準備結婚那階段，由於準備的事煩多，場地、禮卡、流程等等，加上工作的關係，她變得神經質，也跟他吵過無數次，每次他都包容她。

「唔使咁煩喎，如果妳覺得煩，等我嚟啦，不如放下假休息下，公司嗰度都係我睇得，我同 Joey 會搞掂一切。」Joey 正是她的妹妹，這次結婚的事她出力甚多。

她覺得他是全世界最好的男人，因為他總是對她不慍不火。

　　如果不是發現異樣，她或許會一直幸福下去，做一個無知的小公主。

　　異樣就是復工之後，她發現她大部分的客人已走，搶客的不是別人，正是她未婚夫。

　　她心裏疑惑地上他的家，發現他跟另一個女人正肉帛相見，那女人正是 Joey。

　　遭自己的男人和自己的親妹背叛，那種感覺被死更難受，越親暱的人，他插向你的刀就越深。

　　兩個至親所插的刀，是深得她難以呼吸。

　　他說，他們還可以結婚，當什麼事也沒有，但她知道，他所貪的只是她的家財。

　　在結婚當日，她帶住屈辱和怨恨，遠走郊外，在新娘潭看見瀑布，心想當刻每一下呼吸都帶刺一樣痛，便投河自殺。

　　死後，她變成了怨魂，內心有一股難忍的感覺，特別是當這個世界與自己無份，自己仿佛一個外人時，她覺得無比的痛苦，尤其是看見其他人幸福快樂……

　　唯獨破壞他人，殺害他人，才能讓自己心中的鬱悶感稍稍減去。

　　她最想報仇的，是胡新海。但她死去的第二天，他心中有鬼，已經戴上神牌在身，為的正是避免她報仇。

　　她生前沒有害人，卻成冤魂；他傷盡女人心，卻活得風流快活。

　　「不如你畀一個原因我，點解唔可以殺佢。」她問。

　　聽畢她的故事，我內心有點動搖。

　　「咁妳係點搵殭屍幫妳？」我問。

　　按照南門蔚先前所說的，殭屍是不會看見鬼。

　　「有啲殭屍高級啲，係可以同鬼溝通。」她說。

　　「個男人係黑色大衣？」南門蔚問。

　　「睇嚟你知道佢……不過佢係一個好恐怖嘅人，勸你都係唔好接觸佢。」

　　我內心不禁想，比妳更恐怖？

「小心！」是南門蔚的聲音，聲至之際，轉身一看，有一道符飛近，正中頭頂上方。

凌空一望，是殭屍從後躍出，手上抓着的竟是胡新海，那個男人明明早已逃走，又不知怎地被殭屍捉回來，奄奄一息。

南門蔚跟在後面。

「阿四，雖然我未必明白妳嘅痛，亦都解答唔到妳，點解呢個世界有啲壞人係生活愉快，有啲好人係受盡折磨，但我知道妳本身並唔壞，仇恨只會帶妳去另一個世界，妳用鮮血同復仇係得唔到啲乜嘢，不如收手啦。」我說。

「收手？點解要收手？我呢一刻望到佢，只係想殺咗佢。而家有咁嘅機會就係最好不過！」

「妳只會沉淪喺當中，永不超生㗎。」

「即使要我落地獄，我都唔怕，我死都要拉佢一齊落！」

她厲目而視，四周狂風颳起，鐵鍊一下子被她打破。

「我要你同我一齊死！」她對着胡海天吼叫，然後衝向殭屍，化成一陣奶白色的煙霧，從眼目、鼻孔進入殭屍體內，身體皮膚變成深紅色，血管破裂。

　　我呆愕，一來是未見過如此情況，鬼和殭屍竟合成一體，二來是不知會發生什麼事。

　　「……可以咁樣㗎咩？」我問。

　　「**魖**，通常出現喺借屍還魂，怨靈借殭屍身體報仇，係最麻煩，即使淨化咗都未必去到另一個世界，而且魖能力會比同等殭屍高好多，無論速度定殺人能力。」

　　「唔係啩。」

　　「所以最麻煩就係鬼殭交合。」

　　「咁會點算？」

　　「救咗人先。」她拋給我一條紫線，線繫住數十張白色的驅魔符。

　　「入墨氣，中手。」她道。

　　我接過符後，符像被注色一樣，由白轉黃，把線一扔，就纏上牠捉住胡新海的手，傳出陣陣電殛，痛得牠立即鬆開胡新海。

　　那魖一躍，跳到幾米之高，離地近及三樓，牠張口撲來，速度比剛才更快更狠！

南門蔚揮劍格擋，一下壓住牠的衝擊，再來橫掃，一股劍氣破空而出，牠的手臂如菜般切斷，一痛之下胡亂張抓，血液四射，她一時不防，衣裙被腐破，手腳鮮血湧流。

我一張符注氣就衝向魃，但見牠欲逃避，就捉住牠的右手。

「同我返嚟！」同時我將符貼在牠的胸口，電流傳來牠的全身。

「醒啦下妳！」

南門蔚也同來，對住一下揮斬，「咯」一聲，整隻手臂斷開，再斬開牠的雙腿，血液頓時傾瀉，我們緩緩退開，免得沾上腐蝕的血。

牠倒在血泊中，仍屈強地説：「**我……唔會……放棄……要殺咗佢。**」

我鼻子一酸，説：「**對唔住，幫唔到妳。**」

南門蔚劍指向下插地，結出手印，唸道：「靈、鏢、統、治、解、心、裂、齋、禪。」

地上驀然出現一個圓形法陣，四周傳來一清新靈氣，似是潔淨剛才一切的怨氣。

陣上冒出一隻提燈籠的天狗，神相兇惡，繫着一條飄浮的白色絲帶，身穿五彩顏色的和服，一下就帶走阿四的靈魂，回到陣中。

那殭屍在鬼魂離開後，頓成一具乾屍。

「你無嘢嘛？」南門蔚問。

「無。」

「你喊緊㗎。」

我擦擦面上的濕氣，說：「太痛啫……」

望着胡新海，我問：「究竟值唔值得去救呢個人。」

「呢啲唔係你同我去決定。」

「咁係邊個決定？」

她沒有再答，只是對着阿四離開的地方，頌説：

「葛生蒙楚，蘝蔓於野。予美亡此，誰與？獨處？

　葛生蒙棘，蘝蔓於域。予美亡此，誰與？獨息？

　角枕粲兮，錦衾爛兮。予美亡此，誰與？獨旦？

　夏之日，冬之夜。百歲之後，歸於其居。

　冬之夜，夏之日。百歲之後，歸於其室。」

　　我也跟着一起唸，唸了不知多久，這一晚對我來説，
是最漫長的一晚。

第六街 高街鬼屋

阿四事件後，我病了足足三天。

躺在牀上，迷迷糊糊的，不過在昏迷時有人送粥過來醫肚，醒來時，枱面永遠都有一碗粥。

是呂子璇。

「你喺度做乜？」我問。

「畀粥你囉，你咁弱㗎。」她説。

淨化阿四後，他們三人就陸續醒了，沒有什麼大礙，只當睡了一場大覺。AV 仁跟小君被發現在海馬公園的鬼屋，而呂子璇則不知自己為何會在葵涌。

我們當然沒有跟她解釋，無知永遠是最幸福。

「呢幾日都係你拎嚟？」

「唔係仲有邊個？」

「無⋯⋯」

不知為何，我會有一點點的失落。

待第三天後，我回殮房上班，一切回復正常，

事件回復正軌時，奇怪的事又發生。

「咦，上司呢？」我問。

「佢？佢無返好耐啦。」同事説。

「無返好耐？辭職？」我問。

「好耐無見佢啦，我哋都唔知，淨係知佢有一段時間
無返。」

「無人搵過佢咩？」

「咁又唔係，不過大家都唔熟佢，所以無特別去搵
佢。」他説。

「上面無講咩？無咗一個人。」

「咁又真係無。」

「好⋯⋯」

我跟他都尚算同事一場，而且我直覺內情並不簡單，還是去探望一下他吧，放工後便去了一趟他的家，看看究竟發生什麼事。

按數次門鐘沒有人應，正躊躇之時，我發現大門並不是緊閉，而是半掩。

天下太平得如此安心？

走進上司的屋，整間房都似被翻找一輪，亂得不可交加，說是有人洗劫我也相信。

可是屋內仍是什麼人都沒有，我嘗試找一下線索。

亂物中，我發現上司的筆記，整整有條，搜集不少資料，得出一個脈落：

「殭屍？〉各區出現怪屍 〉失蹤屍體 〉葵殮失屍案 〉屍體來源 〉高街」

高街？

我看了一下他總結的資料，發現原來當初葵殮不少屍體都是由高街而來。究竟為什麼？這個地方有何特別？

　　以我認識，上司是怕事的人，上頭給壓力他也不敢說什麼，但原來他暗地裏一直調查這宗案件，那麼他現在身處哪裏？

　　我也沒有什麼頭緒，決定回去跟他們商量。

　　「你返嚟啦？等你食飯！」甫進門，呂嬸便熱情地拉我入房，我有點受寵若驚，一進房，發現呂子璇、南門蔚和 AV 仁都在這裏，中間有一張小桌子，上面的邊爐正滾得不可交加，豐富的食材滿佈小桌，雖不是什麼名貴食物，卻也有魚有雞，AV 仁甚至已經動筷，吃得津津有味。

　　「你咁耐㗎，大家都等緊你。」AV 仁説。

　　「等我？」我問。

　　呂嬸一邊把菜放進邊爐，一邊夾食物給我，説：「起筷啦起筷啦，唔使客氣，食多啲。」

　　「吓？」我還是不明白。

　　「你嚟咗咁耐，都未一齊食過歡迎飯。」呂子璇説。

　　「吓，唔使啦。」我説。

　　「要嘅，話晒都係你生日。」呂子璇説。

「我生日？你又知係我生日？」我問。

「AV 仁講嘅。」她説。

他正忙住咬開雞塊，見我望住他，就説：「嗰日我偷睇到你身份證。」

「Happy Birthday 呀。」

「Happy Birthday ！」

南門蔚不情願地説：「嗯……生日快樂。」

「多謝你哋……好耐都無人幫我慶過生啦。」

家人一向不記得我的生日，而我畢業後，身邊的朋友也漸漸變少，他們也不記得我的生日，同事更加搭不上嘴，想不到竟然會是同屋的人幫我慶生。

「多謝你哋……我真係有啲感動。」

「傻㗎咩，小嘢咋嘛，呂嬸我都想打邊爐，搵個藉口啫。」

「係囉，傻仔，我生日我要食鮑魚。」

「得！」

四人塞在逼狹的小房裏，異常溫馨，有講有笑，雖是沒有血緣關係，卻有家人的感覺。

「係呢……其實我有啲嘢想問。」我説。

「乜嘢？」AV仁説。

「嗯，我想問有無人聽過高街？」我説。

「我知啦，我以前喺嗰度做過嘢，我遲啲帶你哋去就得。」AV仁説。

吃得七七八八的時候，AV仁夾好餘下盛菜，仔細的放進飯盒內。

「留返聽日呀？」呂嬸問。

「唔係呀，我帶畀小君。」

「小君？」我問南門蔚：「上次嗰個小君？佢住呢度㗎？」

「一樓。」

「一樓？唔係雞竇？」

她細聲說：「嗯，佢係一樓嘅……工作者。」

「咩？」

「嗯工作者。」

「妳大聲啲啦。」

「性工作者呀！」

「喂！我聽到㗎！」AV仁怒視我們說。

「其實係咪佢女朋友？」我又輕聲問。

「你自己問佢。」她說。

　　他包好飯盒後，隨即捧盒而去，我好奇之下，便尾隨他落樓，來到一樓滿是霓紅燈的地方，各有不同佳麗站在門口開價，一個紙醉金迷之地。

　　他越過人群，來到門口的第一間房，敲兩下門，就有一個十七年華、清純脫俗的女生出來，正是跟我們去海洋公園的那個小君。

「嘩！多謝你！」小君説。

「夠唔夠？我帶咗啲嘢嚟畀你，快啲食！」AV 仁説。

「係甜喎。」南門蔚不知何時在我的身後，一同監視。

「呷，妳咪又係咁八卦。」

「我想落街買嘢經過。」

「咁嘢呢？」

「而家唔想買。」

「妳認我又唔會笑妳。」

「喂！你兩個，見到晒啦。」

只見小君跟 AV 仁兩個人望住我們，看來已經發現我
們，小君微笑的點點頭。

我們來到糖水店，一碗「榴槤忘返」送上，小君興奮
不已，雙眼閃閃發亮，用湯匙輕輕向榴蓮一盛，送進口中，
流露出美滿的笑容。

「嗯～好好食呀哈哈，好幸福。」小君説。

誰會想到這個天真可愛的少女會是妓女？

「我可唔可以問你一個問題？」我問。

「嗯？」小君説。

「喂！」AV 仁似乎意識到我的問題，説：「咪亂嚟呀。」

「妳點解會做呢份工嘅？」我已經沒有理會他。

「因為爸爸欠債。」她答得倒也爽快。

「但……差人錢仲有好多選擇……」我説。

「因為我爸爸借嘅唔係普通嘅大耳窿，係廟街最有勢力嘅黑社會，所以點還債唔到佢話事，嗰筆錢都畀我爸爸之前講嘅大咗三倍，佢話，呢個方法係最快最直接。」她説得輕鬆，但內容卻是非常沉重。

要還債加上父親的傷害，這是什麼答案。

「希望快啲還完啦。」我説。

「嗯！」她露出滿意的笑容。

這天之後，南門蔚繼續教我有關劍法，學習劍法的招數。本來這幾天，AV 仁也説要帶我們去高街鬼屋，但因為他有事忙，所以推遲。但見他臉如死灰地來，一問之下他嘆了口氣。

「小君畀人走數。」他説。

性工作者最煩，就是經常會遇到變態要求，有些人見小君年輕貌美，經驗尚淺，就欺負她不給錢。

「下次先畀啦，我下次會再嚟。」那男人説。

「吓……但係……我唔可以唔收錢。」

「長做長有呀，妳識咩？識唔識做生意㗎！而家我幫襯你仲想點？」

「唔該你找數……」

「而家即係話我無錢？」

「唔係……但唔該你找數呀。」

「死臭雞。」

他又霸王硬上弓一次。

第六街
高街鬼屋

廟街有殭屍

Zombies in Temple Street

在妓女的世界，沒有所謂的強姦，因為大家都覺得她是淫婦，「不情願」三隻字就從她的世界消失，一個淫婦怎會被人強姦，所以沒有人理會和幫助她。

無奈之下，她只能跟 AV 仁傾訴這件事。

AV 仁一邊聽，一邊安慰，溫柔得很。二人越來越近時，小君說要報答他，一下吻上，然後開始幫他脫褲子。

「做咩？」AV 仁緊張地問。

「咩做咩？」小君問。

「唔得……」

「點解？係咪覺得我污穢？」

「唔係……」

「咁繼續。」

「唔得！我唔得。」

「你都嫌棄我……」

174

　　她跑出屋外，AV 仁想下樓找她的時候，她已經不知所終。

　　「唉。」

　　「咁點解你唔可以？你唔鍾意佢？」南門蔚問。

　　「我只係⋯⋯當她係妹。」

　　南門蔚沉默不語，AV 仁續説：「我帶你哋去高街先啦。」

　　高街位於西營盤，之所以聞名，是因為以前有一所舊精神病院。

　　舊精神病院前身是為國家醫院宿舍，由於 1939 年時香港的精神病院牀位不足，將國家醫院宿舍改成精神病院。

　　至香港淪陷，日軍以此建築物作為刑場，殺害很多人，而位於醫院前面的佐治五世公園則曾經是一個亂葬崗，不少精神病人有自殺傾向，很多時候會以頭撞牆，所以經常有砰、砰、砰的撞擊聲跟慘叫聲傳出。

及至 1971 年，高街舊精神病院因停辦門診服務而廢置，之後發生兩次火警，令內部殘破不堪，鬼屋之名亦隨之而起。

大樓丟空近 20 多年後，最終活化為西營盤社區綜合大樓，樓高 8 層，設有托兒所、展能中心及單身人士宿舍。

深夜時分，四周無人，我們來到西營盤社區綜合大樓，這時所有的中心已關，因為 AV 仁曾經在這裏的工作，門口的保安雖有點懷疑，但 AV 仁強調只是想懷緬一番，加上他們交情友好下，終於答應給我們放行（只不過之後他也在睡覺。）

進到大樓，夜深無人，陰森之中有種不安感。

「實際上呢度無乜嘢，我喺度做咁耐都唔覺有咩特別，你哋想搵咩？」AV 仁問。

「我哋都唔知。」我說。

四周圍逛了一大輪，幾乎所有房間都遊過一遍，果然一無所獲。

「都話呢度無嘢㗎啦。」

「你哋聽唔聽到啲嘢？」南門蔚問。

「嗯？」

她衝到地底，但地底樓層還是什麼都沒有。

「妳聽錯咋？大風聲都好似有人叫。」

「係？」

我終於聽到，是呼呼的撞頭聲。

聲音算是聽到，可是那到底是什麼？

南門蔚循聲音步去，來到地底近門口位置，於一道陳舊的鎖門停下，她摸着門牆說：「呢道門通去邊？」

「聽聞係高街另一個出口，不過改建之後拆咗，道門後面乜都無。」

「乜都無會鎖住？」

她拿出紅線，使出拿手的開鎖術，三兩下就把鎖除開。

推開門，後面是一道樓梯，一直伸延至地底，深不見底，漆黑一片。

「吓？點會咁㗎。」

「落去睇一睇先知。」南門蔚説。

「嘟。」、「嘟。」

果然，聲音是從下面傳來。

我們打開手機的電筒，準備深入地下。

「喂，你哋唔係諗住落去呀？」AV 仁問。

「啲聲下面嚟，一定要落去先知。」我説。

「連壬辰你都聽到，你哋講緊嘅聲究竟係咩？點解我一啲都聽唔到？」他説。

我與南門蔚面面相覷，她搖搖頭，示意我不要再理會。

我們小心翼翼地側步下樓，AV 仁也跟着我們，這裏的黑伸手不見五指，除了微弱的燈光，什麼都看不清，每步都驚心，過了很久，我們方到達地底。

「無訊號喺呢度。」AV 仁望着手機説。

「小心。」

「咩？」

「呢度有屍氣。」

「屍氣？」

地下是一道長通道，不知通往哪方，用電筒照到遠方，光被黑暗吞蝕。

「繼續行？」

「嗯。」

空氣中有一種乾躁的感覺，踏在地上，偶有凹凸不平，像踩在灰燼之上。

「啊！！」AV仁候地哇叫，嚇得我們轉頭。

他戰戰兢兢地用手機的光指着說：「係⋯⋯手嚟。」

沿燈光望去，竟是一隻被燒焦的殘肢，不知多少年歷史，早已殘缺不整，只見部分枯骨，但那手不似人類的手，倒像殭屍。

「呢度究竟係乜嘢地方？」

「只可以肯定唔會係精神病院咁簡單。」南門蔚說。

沿路出現的，是一個像古代片所見的監牢，充滿鎖扣，不時有些燒焦的屍體，越是向前走，越有種不安的感覺浮現，像盡頭會有不知名野獸等着我們。

呼呼……

這時，聽到連連的撞牆聲。

「我都聽到啦。」

「係……」

「停。」南門蔚説。

那是一雙黃色的眼睛。

我們終於看見他的模樣。

他是一個五十多歲的人，模樣怪異，皮膚全皺，身上都是傷痕，穿一襲中式黃色唐服，手腳被鎖扣住。

「黃色嘅眼？係黃殭？」我問。

「係。」南門蔚回答。

「又係啲咩殭屍呀？我……我返上去先得唔得？」AV仁説，可是沒有人理會他。

「終於！終於有活人……快啲過嚟。」他興奮地呼叫。

「你係？」我問。

「應該問你哋係邊個？嚟呢度搵我。」他説。

「你有無見過一個三十歲、戴白色眼鏡、面上有胎印嘅男人？」我把上司的模樣描述一次。

「喔……前幾日有嘅。」他説。

我大喜，問：「咁佢去咗邊？」

「其實你哋知唔知呢度係咩地方？」

「前身係精神病院。」

「哈，啱一半。呢個世界，第一缺透明度係監獄，第二就係精神病院，精神病人係最無權益可言，所以最好用，死咗都無人知，用嚟研究最好。」

「研究？研究咩？」我問。

他忽然露出殭屍牙，嚇得 AV 仁退了一步後，露出猙獰的笑容，似是十分滿足。

「當然係研究人點變成殭屍。」他說。

「唔係就咁咬咪得？」我問。

「應該唔係咁簡單。」她說。

「呢個姑娘仔有啲料，佢哋兩個都無乜料，唯獨係妳，妳有唔一樣嘅能力，等我估下，驅魔最出名嘅，伽氏？唔係……妳係南門一氏？」他問。

她似乎沒多在意，問：「係點樣嘅變屍？」

「妳覺得呢？」他問。

「將全港變殭屍嘅方法？」她道。

「南門一氏果然唔同，聰明伶俐，早聽聞過你哋先祖喺神宗年間用反間計殺咗女真人。」

「係邊個想咁樣？」她問。

「我答咗妳，對我有咩好處？」他說。

「我可以幫你解脫。」

「解脫……你以為我係被困喺度？哈哈哈哈……」

他續説：「我可以講晒所有嘢畀你哋聽，只係需要一個條件……」

「係咩？」

他卻不予理會，説：「要知個男人去咗邊，就要首先要知呢間精神病院嘅歷史。呢度前身係國家醫院宿舍，我相信你哋都知，去到二戰期間香港淪陷，日軍喺呢度殺咗好多人，加上附近係亂葬崗，至陰至寒之地，成為咗好有利嘅條件，到 1971 年後，政府有人發現呢點，就將呢度改建，當時好多人以為係想要變成精神病院，無錯呢個係表面，但實際上係煉屍地點，將無人理嘅病人煉成殭屍，名符其實嘅人體實驗地方。」

「政府帶頭？」AV 仁問。

「政府喺一直呢度都做唔同嘅實驗，為咗令人唔敢嚟，就用唔同鬼故、傳説去掩飾呢度，呢度嘅殭屍有入無出，你見到嘅監牢都係咁。」他説。

「到底最後嘅研究方向係咩？」她問。

「姑娘成日一針見血，我好難慢慢講，好，呢度做咁多年實驗，就係要研究點可以將人喺短時間、大規模咁變成殭屍。」他説。

「大規模？」我問。

「呢樣都係拜你哋工會所賜，殭屍以咬嘅方式去傳播，速度慢，好快會畀驅魔一族滅絕，所以點可以避開呢樣，得到量嘅提升，一直都係我哋嘅研究方向，可以話係畀你哋逼。我哋除咗捉精神病人，仲會拎殮房死屍、捉知道內情嘅人嚟，然後用喺研究。」

「咁即係……」我説。

「即係你識嗰個男人，應該係被帶嚟呢度研究。」

上司知道內情？什麼內情，難道是……之前失屍事情，因為這件事只有我跟他了解。

「不過有時都會失控，所以不時會用大火去清除一切，轉移去其他地方。」

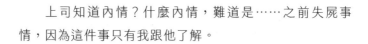

「到底做呢件事嘅係邊個？」

「呢個我唔會答妳。」

「而家大火完，即係……」

「研究完。」

該了解的都已經了解完，我們之間餘下的是沉默。

「多謝你嘅嘢，解脫係無問題。」南門蔚説。

「解脱？我諗你真係搞錯，我唔係被困喺度，你知唔知咁大個監獄，無監管人係點得？鎖只係我廢事自己太沉溺於殺戮會出事，但見到我係無可能唔見血。曾經一夜間我殺咗一百個人。」他説。

「咩話？」AV 仁口震震地問。

「我可以畀你哋 10 秒時間走，但今次一定會有一個人死。」

他黃色的雙眼變得更玄黃，「啪」左手輕易掙脫鎖扣，身後露出源源不絕的屍氣。

「9……」

「8……」

185

「走!」南門蔚沒有絲毫猶豫説。

我們拼命地往出口跑,原因我也感到眼前的人不是好惹的,甚至從南門蔚的行動也得知全力逃命是我們唯一能做。肺部的空氣幾乎都要抽出,左腰間劇痛,我這次深深感受到,慢一點都會死。

「啪。」

「啪。」

10秒過去,牠的鎖扣全解,我們已經跑出樓梯,不出數秒,牠一躍,跳得幾丈高,隨我們來到地面。

一瞬間,我看見了……牠黃色的雙瞳變成了月光黃。

然後一切都像失去盼望一樣,成了黑色。

母親?

四周變成密不透風的監獄,母親正在監獄的外面,似乎外面就是廚房,她在廚房忙東忙西。

「媽媽……」

我嘗試叫喚外面的她，她卻沒有回應，像是聽不到，邊煮飯一邊繼續跟人說話，但我看不見那個人。

「媽媽，救我出去，我係妳個仔呀。」

「媽媽……」

無論我怎樣大聲地叫喚，她還是視若無睹，顧着做自己的事。

我感到監獄的溫度越來越低，沒有希望，沒有盼望，是一個黑洞要吞噬一切，我不喜歡這種感覺，繼續叫着外面的母親。

「媽媽！」

咦……

這時我才了解到，母親所在的地方，正是我童年生長的廚房，是我舊家的廚房。

「食飯啦。」

我望見一個黑色矮小的身影，他站在母親的旁邊，沒有說話，母親也沒有理會他，似是空氣的存在。

爸爸也進來廚房，跟母親談了幾句，就親吻她的臉頰，把廚房的菜拿出去，也沒有理會過那黑色矮小的身影。

忽然，母親轉身，似是聽到什麼，她笑顏逐開地蹲下，迎面而來的是一個小孩。

是我的弟弟。

她溫柔摸着弟弟的頭，餵他吃食物，就拿着最後一道菜出去。

只餘那黑影在廚房，越來越黑，越變越大。

我終於看得清，那黑影長着跟我一模一樣的外貌。

視線交集，那黑影似乎意識到我的存在，漸漸走近，我害怕得想推門離開，但監獄的門怎樣都打不開。

他來到我的面前，詭異的笑容説：「你係多餘，係同呢個屋企無關係無血緣，你係多餘嘅人，對呢個世界嚟講都係多餘，根本無人愛你、留意你，你死咗都唔會有人知同可憐，點解你要繼續生存？」

「唔係……」

「孤獨嗎？你乜都唔係，不如都係離開呢個世界。」

「唔係呀。」

「你無希望啦，絕望嘅人。」

「唔係……唔係唔係唔係！」

「點會唔係，我好了解你，因為……我就係你。」

我想阻住他繼續説話，雙手不知不覺用力捏住他的頸。

「啊！」

忽然腦海一陣清涼的感覺，我驚醒過來，發現自己正捏住 AV 仁的頸，我急忙放手，他終於鬆一口氣，咳得不可開交。

「發生咩事……」我不可思議地望着自己的手，沒想到會做出這樣的事。

「你……你頭先唔知點解好似中咗邪咁，好似南門蔚幫你解咗幻覺。」AV 仁説。

「走呀。」南門蔚道。

　　沒搞清楚狀況，南門蔚袋中拿出十張黃符，飛在空中，連爆數十個冰寒的霧氣，一時掩蓋我們，我們得以順勢躲進其中一間空房。

　　「頭先……」我問。

　　「黃殭應該無能力可以令人中幻覺，殭屍之中都好少會有，但頭先佢的確控制咗你，到底係咩事？」南門蔚問。

　　「我……我自己都唔係好明。」我説：「我頭先見到我屋企，又諗返起啲唔開心嘅嘢。」

　　南門蔚見我思愁，説：「唔緊要，之後再慢慢講。」

　　「咁而家點算？」AV仁不停抹汗，手心發抖地問：「佢仲喺出面，我哋走又走唔到。」

　　「未了解佢所有能力前，唔好亂出去，今日唔適宜同佢打，因為有你哋兩個喺度，如果又控制你就麻煩，我好難唔傷害你哋又保住你哋兩個。」她説。

　　「所以……？」AV仁問，看得出他已非常緊張。

　　「等佢走。」南門蔚説。

　　只聽到室外傳來踏踏的腳步聲，越來越接近，規律有序的踏踏聲亂人心神，煩得心縮不寧，每一步都驚心動魄，深怕牠會進來發現我們。各人都不敢說什麼，屏息靜氣，連稍為大一口氣也不敢呼，害怕發出丁點聲音，我和 AV 仁直接雙手掩口。

　　這次的敵人完全不同。

　　「踏⋯⋯」

　　雖是一分鐘，卻是人生最長、最煎熬的數十秒，是過了數百年，終於聲音漸遠，我們鬆了一口氣時，忽然外面傳來熟悉的聲音。

　　「AV 仁！」

　　「AV 仁！」

　　這把熟悉的聲音⋯⋯

　　過了數秒，我認清這聲音是誰，不禁一凜，而 AV 仁更是面青口唇白。

　　是小君的聲音。

　　「死啦⋯⋯點解佢會喺度？」

　　AV 仁完全不顧什麼危險，直接衝出去，左右顧盼卻沒有人在。倏地樓上傳來小君的慘叫聲，他發瘋般往聲源奔去，我們只好緊隨之，剛到樓上，就見小君一面難受，那隻唐服黃殭剛好咬在小君的頸項，血管盡現。

　　「今晚吸夠血，講咗只會有一個人死，下次再同你哋玩。」唐服黃殭推開小君，抹一抹嘴上的血，就跳出大樓，消失在黑暗之中。

「小君！」

　　小君此時青筋盡現，跪在地上，動彈不能，AV 仁立時衝去抱住她。

　　「對唔住……我發你脾氣，之後好後悔好想即刻同你講對唔住，但你唔喺屋企，問咗呂嬸佢哋話你嚟咗呢度，我先跟嚟……」小君有氣無力地道。

　　「唔好講呢啲住，南門蔚妳快啲救下佢呀！」AV 仁緊張說。

　　南門蔚搖搖頭，示意這是不可能。

「靠佢自己，但大部分人都無可能抵擋屍氣，最終都會失去自由意志，變成殭屍。」她説。

「其實你係咪唔鍾意我？」小君問，此時她已經一隻眼變成全白，成乳白色，口中漸漸長出尖牙。

「唔係……唔係……」

「咁點解？」

「我根本唔係鍾意女人！我根本唔係鍾意女人……對唔住……我只係好鍾意妳呢個朋友。」AV仁説。

此話一出，我們無不震驚。

「喔……就好，對唔住，原來係咁。」小君釋懷地道。

她另一隻眼都開始呈現白色，快要完成殭化。

「唔好殺佢……做殭屍都無乜唔好啫……」AV仁對南門蔚説。

「人變咗殭屍係最悲慘嘅事，控制唔到想吸人血嘅天性，變成一種殺人生物，而且長生不死嗰種孤獨，你唔會明。最可怕係會受上頭殭屍控制，做好多自己未必想做嘅事，無個人自由，唔好為咗一己感情，害佢終生。」南門蔚説。

我嘗試拉開他，但他死扯住小君不開。

「唔好，佢已經好慘……」AV 仁説。

「你都記得呂嬸老公都係咁，大家要識放手！」我説。

他還是不放。

「我明小君好慘，所以我會畀她去得無痛苦。」南門蔚道。

最終我花盡氣力拉開他，他仰天大叫一聲，南門蔚合上雙手，在小君的面前畫了一個十架。

「希望妳安息。」

符貼在她的頭上，屍氣如煙霧漸散，把靈魂也帶走了，一去不回。

「有生必有死，早終非命促。

昨暮同爲人，今旦在鬼錄。

魂氣散何之，枯形寄空木。

親戚或餘悲，他人亦已歌。

死去何所道，託體同山阿。」

第七街 失控

在小君死後的幾日，AV 仁一直消沉不樂，躲在自己的房間，什麼人都不見。

待了一星期後，他終於出房，神情是好一些，黑眼圈極深，如熊貓一樣。

「無事嘛？」我問。

「無。」他説。

「我以為你死咗。」我開玩笑説。

「的確係。」他説：「我都以為自己會死。」

「去食啲嘢？」南門蔚問。

AV 仁不説話，看來仍對南門蔚心存芥蒂，始終殺小君是由她下手。

我們來到串燒店，婆婆知道 AV 仁心情不好，送了我們好幾碟雞肉串，又是雞髀又是雞軟骨和啤酒，説我們慢慢坐，這枱是我們的，即使再多人也不做生意，真是説不得的人情味。

AV 仁默默地吃着雞肉串，不願多説話。

「你最後講嗰句係真？」我一邊吃着雞串一邊問。

「咩？」

「基。」

他喝了一口啤酒，簡潔回應：「嗯。」

「咁你平時又睇咁多 AV ？」我問。

「掩飾。一個咁鹹濕嘅正常人，無人會懷疑佢係基佬。」他説。

「其實你點解唔可以大方咁認，而家呢個年代都多咗好多人出櫃。」我問。

AV 仁的父母是極度保守的人，由細到大都極憎恨同性戀，認為會搞亂社會的家庭價值，作為他們的兒子，當然害怕給人知道，所以他只能裝成一個「正常人」。

在小學裝成普通的男生樣子；中學為掩耳目去追求女生；長大後故意裝出鹹濕的模樣，一句到尾，不想被歧視，為要在這個社會生存。

「咁樣唔會覺得好慘咩？扮到咁攰。」我問，腦海想起當初會面時的一刻，原來都是假裝。

「當唔知社會有病，定我有病嘅時候，我只能夠用呢種方法生存。」他幽幽説道。

「韓壬辰，我諗你上司消失之後，你都係唔好再返工。」南門蔚忽然道。

「點解？」

「因為整死你上司嘅人，好可能都等緊你，特別係之前都咁多人搵緊你。」

「唔會啩。」

「唔信你可以返工，不過後果係點我唔擔保。」

忽然有一位六十歲的老伯站在我們旁邊，身穿道士服，白髮斑斑，長鬢及腰。

「邊位？」我問。

「聚星樓少保拜見南門僕射。」他道。

「僕射咩咩僕射？」我問。

「過嚟。」南門蔚跟他去到另一邊聊天。

「南門僕射妳好。」老伯點點頭。

「僕射？」

那個老伯對南門蔚甚為恭敬，像下屬對上司的態度，讓我跟 AV 仁都大為不解。

「僕射，我諗妳都收到消息。」

「嗯，我知道。」

之後他們竊竊私語，説些什麼我們都不了解。

「咁可能呢件事要麻煩妳，小心。」

「得，你走先。」

「小心。」

他離開後，我們想追問之先，她了解我們的疑惑，兀自説出一切。

「僕射、少保係驅屍工會職級。驅屍工會喺 18 區都有分區，分區有駐守嘅驅魔師，而我係僕射，比佢高一級。佢嚟搵我係因為長洲近排發生多宗命案，全部都係不尋常嘅屍變，有可能喺度將會發生社區爆發，更麻煩係，長洲嘅工會驅魔師被殺，係殘殺，所以要搵人入去調查同阻止。」

「喔，咁搵妳組團？」

「嚴格嚟講，係我一個。」

「妳一個？點解？唔係講工會 18 區都有人咩。」

「雖然 18 區都有，但係每區驅屍師人數好少，前排仲要忙住捉殮房走屍。」

「但少極都有百幾二百，點會得妳一個。」

「工會並唔係你想像中咁正義同團結，好多派系，事實上，香港出現殭屍，最大力嘅推動者係政府，其次係工會。」

「驅屍工會想殭屍入港？」我問，感到有點不可思議。

「因為工會唔少人覺得，工會唔受人尊重、唔夠重要，係因為太少殭屍，如果爆發災難，咁工會地位就唔同，所以就有啲人一直大力推動工會同政府合作。」

我覺得挺心寒，捉屍本來是正義救人的工作，竟變成政治利益的操作。

「竟然為咗利益變成咁。」我感嘆説：「我去！」

「我又去！」AV 仁説。

「你哋去又有咩用，今次好危險，我未必保護到你哋，何況……」她話中有意，AV 仁似乎明白，道：「今次大件事，我好明白，唔會計住先。」

「唔使啦，我哋識自己照顧自己，何況無妳喺身邊，萬一啲殭屍上門我哋都係死。」我也説。

她不再説話，每當她露出這個表情，就代表我們勝利。

星期日，晚上九時多，我們三個人往長洲出發，開始長洲命案的調查之旅。

「長洲，係一個點嘅地方？」在中環碼頭，買了一碗咖喱魚蛋作晚餐，她有點不習慣，因為平常是在串燒店吃晚餐。

「吓，妳連長洲都無去過？」AV 仁吃驚地問，過了幾天後，他跟南門蔚的關係好了不少，雖然還是有一點隔阻。

「無，點解要去？」

「去玩下都有啩？」

「無，自細都喺九龍大，油麻地廟街就係我長大嘅地方。而且無客會由長洲搵我，多數會搵返長洲嘅驅魔工會。」

「咁我哋一定要帶妳去玩下，去下張保仔洞或者掃下街，我知道有間炸雞店好好食！」我說。

這時，我望着南門蔚，覺得她這個女生有她的可憐之處，雖然平常冷冰冰，但都是從小訓練她捉鬼捉屍的原因，而且一生除了捉屍就沒有其他興趣，不能像其他女生過普通的吃喝玩樂的生活，想到這裏，不由得心生憐憫之情。

「唔使，我哋今次去係做嘢。」她一口拒絕。

這種感情很快就消失。

船緩緩駛出中環後，高速往長洲前進，在我們前座有一對情侶，從袋內掏出一個大盒，拿出炸雞，你一口我一口的吃得大快朵頤。

「呢個係咩？」南門蔚問。

「Jollibee。」我答：「妳想食？」

「問下啫，好好食㗎？」她又問。

「睇人咁啦，妳鍾唔鍾意食炸雞？」

「我⋯⋯我都唔知。」她好像說過不懂吃肉。

「咁完咗就帶妳去食。」我說。

「長洲食？」她問。

「長洲無㗎，呢間一定要出返去市區食。」我說。

　　她似乎有點悶悶不樂，這個反應讓我覺得她有點像回一個人，有點靈氣有點可愛。

　　一小時後，船到達長洲。

「好啦，我哋去租屋。」AV仁說。

「唔係話去掃街嗰啲？」她問。

「妳頭先又話做嘢唔係去掃街？」我說。　　203

「係，唔去……」她低説。

「唉咁都要食嘢嘅，行啦行啦。」AV 仁急忙打完場。

十時多的長洲，大部分食店已經關門，可是經過不同的宵夜店，吃粥和腸粉對她來説也很新鮮，掃了一輪夜宵，我們回到東堤的渡假屋，由於安全問題，我們租了一間屋，兩張牀，兩個男生一張。

洗完澡後，只見 AV 仁已睡得鼻鼾大嘈，她一個人獨自站在露台，遙望外面的海景，海面是黑蓬一片，深不見底。

那麼晚還不睡，我就問她：「做咩咁夜都唔瞓？」

夜空吹撥她的長髮，長洲的夜星撩人，夜幕下她説：「我覺得今次可能會好危險。」

「嗯？」

「屍氣好重，由踏足長洲第一步已經覺得，聽日要去調查下呢度工會。」她嘆口氣説。

「應該無咩事嘅，唔使太擔心。」

「希望，我從來都未遇過咁重嘅屍氣。」她説，遲疑數秒後説：「你……可唔可以幫我做啲嘢？」

「係咩？」我問。

「你有無相熟嘅船家？」她問。

「有個朋友係揸船嘅。」我想了想回答。

「你可唔可以聯絡一下佢？」她説。

「真係咁嚴重？」我問。

「以防萬一。」她説：「應該無乜事。」

她説這句話的時候，眉頭深鎖。

此時，我電話又響，看一看訊息，又是呂子璇，她在問我長洲好不好玩。

「呂子璇？」她問。

「嗯……」我一邊回覆一邊説：「咁夜都唔瞓。」

「好好對人哋。」她微微笑道，就回牀休息，我還是第一次見她對我微笑。

205

這一晚，算是我們最後一晚有覺好睡。

第二天，一大朝早醒來，六時多，AV仁睡得在説夢囈，南門蔚仍在站露台看海。

「妳成晚無瞓過？」我問。

「唔係，我瞓咗一陣。」她説。

「咁早起身？」

「我用成晚搵咗屍氣最重嘅地方喺邊，發覺最淺係南邊碼頭，最重係兩邊墳場同火葬場。」

「火葬場？長洲都有火葬場？」我好奇地問。

「香港其中一個火葬場就係喺度，不過長期使用率都偏低。正常唔會咁重屍氣，我哋一陣可以去睇下。」

「好呀，但去前都要食啲嘢先，妳唔係都想試下呢度嘅嘢咩？」

「係咪『掃街』？」她第二次問，看來她真的很想「掃街」。

「飲茶，食點心好無？」

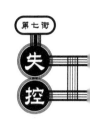

「點心？好。」

叫醒 AV 仁後，他還埋怨我們讓他睡得那麼少，打着呵欠，迷迷糊糊地去了其中一間茶座。

早上的人流眾多，近乎沒有座位，我們只能坐在店內一個較偏僻的位置，比較少人留意到。

「食咩？」

「你哋去拎啦，反正我乜嘢都食。」AV 仁説着，又打了一個大呵欠，低頭就睡。

「好，我同妳出去拎。」我説。

點心爐盛着數十籠熱氣騰騰的蒸點，像鑽石瑰寶等待我們發掘，由於肚子餓得鼓聲大響，我便問她：「妳想食咩？」

「有啲咩可以食？」她問。

「咪平時點心嗰啲嘢。」我説。

她思索一會，説：「串燒？」

「吓？」

207

她有點着急，問：「羅宋湯？」

「妳係咪無食過點心？」

她低下頭，臉有點紅的說：「無……」

「有蘿蔔糕、燒賣、煎堆呢啲……」

「咩係煎堆？」

「妳無食過？」

她又搖搖頭。

「不如妳見到咩想食就拎返去。」

「好。我應該拎好少。」她說。

結果她一下拿二十多籠點心回來，幾乎每一款點心都拿了一籠，把 AV 仁嚇得眼睛都凸出，問：「我哋三個人點食到咁多嘢？」

「應該得嘅，佢份量好少。」南門蔚說。

　　結果我們吃到第七、八籠已經不行，肚皮快撐爆，急忙舉白旗叫投降，只有她一個人繼續奮戰，好像肚不會滿一樣。

　　「究竟阿良而家點呀？」

　　「中咗啦中咗啦！」

　　「同其他人一樣？」

　　離我們座位不遠的一枱，坐着兩個人，一男一女，大概四十五歲左右，看樣子應該是長洲的居民，他們在聊天，只是聲浪有點大，吸引我們的注意。

　　「你唔好咁大聲啦！黐線㗎咩？」

　　他們左顧右盼，我則裝作漫不經心地吃飯，暗中留意他們的說話。

　　在這期間，南門蔚終於把點心都吃光，但她似是仍未滿足。

　　「我哋而家係咪去『掃街』？」她問。

　　「吓⋯⋯」

「唔去啊？」

她用楚楚動人的眼神問，實在無法拒絕。我們直掃大街的大魚蛋、炸雪糕、芒果糯米糍等等，由街頭掃到街尾，她方叫有些滿足，不過由於時間關係我們沒有去吃炸雞，她好似有點失望。

「妳個胃……」我説。

「未食過，要試下嘛。」她説。

「估唔到呢個女人都可以咁大食。」AV 仁説。

買了手抓餅，我們漫步在東堤海灘，一邊欣賞海景一邊吃手抓餅，味道有點特別，可能是鹹牛油果的關係，有些三文魚的味道，挺好吃的。

天有不測之風雲，此時烏雲蔽天，風勢甚大，吹得灘邊的招牌左搖右擺，格格而響。

只見剛才在茶樓的那兩個人，拿着一大袋東西，躡手躡腳地轉入內街，行跡有點鬼祟。

「你哋喺度等等，我有嘢做。」我對他們説。

　　我上前跟蹤他們，尾隨其後來到內街的一間小屋，是舊式建築的居屋。

　　窗口雖下了窗簾，但能從一破口窺看裏面，只見屋內漆黑一片，他們正打開什麼，好似是食物之類。

　　「喂……咪咁大動作！」

　　屋內兩個人正竊竊私語。

　　「食啦。」

　　「唔通雞肉佢唔食？」

　　「咁咩先食？生牛肉唔食、羊唔食，豬又唔食……」

　　「喂！唔好太近……」

　　忽然有人拍我的背，嚇得我連忙轉身，正是 AV 仁和南門蔚。

　　「你喺度偷偷摸摸做咩？」AV 仁問。

　　「你都覺得佢哋有古怪？」南門蔚似是一早知道。

　　「妳都知？」

「喺茶樓已經覺得有古怪。」

「原來妳有留意佢哋？」

「你以為我真係掛住食？」

「咁妳啲戲都幾好。」我續說：「佢哋而家喺入面唔知做緊啲咩？」

「點都好，一定唔方係好嘢。」她說。

「你哋講緊咩？點解我完全唔知？」

屋內忽然一聲慘叫聲，有男人大叫：「啊！我隻手呀！」

我們破門而入，只見一個女人呆愣，另一個人倒在血泊上，面容扭曲，右手緊握着左手，左手只餘一截。

那另一半斷掌正在第三個人口中，牠全身被一條粗大鐵鍊綁着，嘴巴咬住兩隻手指，不斷咀嚼。

是白殭。

「閃開！」南門蔚和我同時拿出符，想制服屋內的殭屍，沒想到那兩個人大叫不好，飛身擋去符咒，用力捉住我們，另一人急忙鬆開鐵鍊，讓牠立馬跳出屋外，奔到街上，不知往何處去。

「做咩？」我問：「你哋知唔知自己做緊咩？」

「唔好殺佢呀，殺咗佢我哋就死㗎啦。」他們緊張地說。

「佢係殭屍！一放佢出去就會好大鑊！」AV 仁喝道。

「你哋⋯⋯你哋點知佢係殭屍？」他們感到不可思議地問。

「你哋唔知咬到人好大鑊？」

「唔係人哋死，就我哋死㗎啦⋯⋯」

他們面面相覷，驚恐地說：「死啦，外人知道咗，我哋一定會死，佢一定會殺咗我哋⋯⋯」說罷，他們竟頭也不回地奔出屋外，一去不回。

「究竟係咩事，長洲有殭屍？」AV 仁問。

南門蔚抬頭往遠處眺望，説：「我見到佢上咗山，我哋都上山，如果畀佢咬咗人就煩，反正工會都喺嗰度，我都要調查一下。」

望向海邊，天色灰暗，遠方有一巨大烏雲捲來，波濤洶湧，浪拍捲岸上，幾家店舖都被大浪所捲。

「睇嚟有大風浪。」AV 仁説。

一路上頂住風浪，街上並無半人，大家都避風，上到山的半腳，有一間隱密小屋，上面有一塊細牌寫着：**「長洲驅魔工會」**

進內，內裏杯盤狼藉，空無一人，忽聽門外大叫：「你哋係咩人？！」

我們三人轉身一看，是一個十七、八歲的少年，手上捧着一個白雲骨灰甕。

「驅魔工會南門蔚，嚟調查長洲區馬劍一少保嘅死。」她説。

他放軟敵視的眼神，雙眼一紅，説：「你哋終於嚟啦，師父死得好慘，你哋一定要為佢報仇！」

「你係佢徒弟？」我問。

「係，但弟子不才，返到嚟先知師父慘死喺殭屍手上。」他氣憤地踏地，雙手緊緊抱住骨灰甕，像擁着珍貴的寶物一樣，看來裏面就是馬少保的灰。

「件事係點？」南門蔚問。

「要快啦，如果唔係畀隻殭屍出去，長洲啲居民就有難。」我說。

「最好就將所有居民殺死！」他咬牙切齒，怒目圓睜。

此話一出，我們無不驚訝，作為工會的人，應該以保護眾生為己任，竟然會說出這樣的說話。

「點解咁講？」南門蔚問。

「因為師父係畀所有居民殺死㗎！」他說。

「點會咁？你唔係話佢係畀殭屍殺死？」

「係！兩樣都係！事情要由一年前講起。」

我回望海邊窗外，一場龐大的暴風雨正要來臨。

一年前，長洲來了一個奇怪的男人，黑衣高帽，他倒也招搖，初到埗就以一倍價錢租了長洲所有空置的渡假屋、餐廳和娛樂場所。

正常一個人怎能住得到那麼多的房屋？可以有什麼用？

他只有一個要求，不放租就可，任由渡假屋、餐廳和娛樂場所空置。

面對這樣的怪客，大家雖然有感不妥，但有錢賺而自己不用付出什麼，甚至不用勞動，便不太在意，只當是金主。

這個情況持續六個月，六個月後的某天，他突然說要斷絕所有的供求，不再租用任何地方。

大部分的長洲居民都習慣了他的課金供養，一個穩定又不用工作的方法，再者因為他的長租壟斷整個長洲市場，沒有人再放租外客，沒有遊客再來長洲居住，現在失去金蛋，大家都大惑不解，一起追問那黑衣怪人。

「要我唔走都可以，但要你哋做一件事。」那黑衣怪人説。

「係？」

「每家每戶都養黑貓。」

一時間，長洲的養貓風氣大盛，不喜歡貓的養，喜歡的養多幾隻，總之家家戶戶都養了貓，逼滿長洲。

這時，在長洲駐守的馬伯覺得此事並不簡單，決定去調查一下黑衣男子。

他發現在日光之下，是不會見到這男子，惟獨晚上才會出現，他行蹤飄忽，馬伯雖年紀老邁，但身手敏捷，仍然好幾次都跟甩，明明是居於長洲，卻不知道他住在哪裏。

就在之後，那個黑衣男子又發布一個新的命令。

一個沒有人想的命令。

將黑貓殺掉，把血倒在先人的墳地。

起初有人質疑，甚至大叫瘋狂，但當黑衣男子說每月的供養金會多一倍，所有人便立即閉聲，依他命令而辦。

沒有人跟錢作對吧？

得知消息的馬伯，知道來者非比尋常，這是最可怕的煉屍方法之一，是想將整個長洲的墳場都變成屍地，可是獨力難救，因此他派他的弟子出去向工會求救，另一方面自己去對付那個黑衣男子。

可是此時，長洲的居民在倒貓血一事後，家中有人開始氣虛體質，面色蒼白，頭腦混亂，甚至胡亂咬人。

然後那男子露出最後的面目，下了一道清洗人口的命令。

「殭屍令。」

他給予每戶一枝煉製過的藥水，無痛變成長生不老的殭屍，而每戶都必須有一個家庭成員是殭屍，長洲居民需要配給至一半人口均為殭屍。

「唔好信佢，一變就無救！」馬伯苦口婆心地勸眾人。

「有錢收，又長生不老，點解唔做？」

黑衣男子此時再下命令，將阻礙進步的馬伯殺掉，馬伯敵不過眾人投石而死。

長洲已經瘋狂，所有人都是，失去了人性。

「咁工會有咩回應？」南門蔚問。

「工會有心留難，佢哋留難咗我好耐！唔係我都會返嚟幫到馬伯！而家長洲已經無救，我勸你哋都係走。」那男生憤怒道。

「倒貓血呢件事係幾時？」南門蔚問。

「應該一個半月前。」他説。

「準確啲？」南門蔚問。

「四十九日。」他説。

南門蔚合指一算，望着外面的大雨，不由得皺了眉頭。

「今次麻煩。」她説。

「咩麻煩？」我問。

「倒黑貓血喺墳場係古代借屍還魂，製造殭屍嘅方法。以陽間家人嘅陽氣令先人復活，為時四十九日。再加上本身佢哋喺高街煉成嘅藥，將人大量變成殭屍，我諗……」她冒出冷汗，神色凝重説。

「咁即係……點？」AV 仁吞了一口口水説。

「今日呢度會有一場腥風血雨。」她説。

只聽到外面一聲巨響，是從山上墳場傳來，工會離墳場只是數里路程，我們便跑上墳場，但見全墳墓的泥土都翻動不已，活像有生命的蠕動，是地底下有什麼正在掘上地面，天開始下起大雨，風勢極大，空氣薄弱得不能呼吸。

「我就嚟抖唔到氣。」AV 仁説。

「屍變緊……」南門蔚説。

「嚿」的一聲，一隻隻腐爛的手從地土破出，如恐怖喪屍片的出場，屍蟲還在手上蠕動，一隻、兩隻、十隻、廿隻，一百隻……整個墳場密密麻麻的，上千百隻殭屍從墓地緩緩的爬出，睜開乳白色的眼睛，瞧向我們。

名符其實的群屍亂舞。

「徒弟仔，你叫咩名？」南門蔚問。

那個年輕男子抖擻精神説：「我叫馬仔！」

「馬仔，你帶住你師父同佢兩個走先。」南門蔚望着馬伯的骨灰説。

「咁妳呢？」我問。

「我喺度拖得一時得一時。」她説得輕鬆，但顯然不是一件輕鬆的事。

此時，滿墳場的石碑碎散亂地，四周無一草地，全是翻爛過的泥土，站着的殭屍少説都有上千隻，有些殭屍腐肉橫生，屍蟲滿面；有些則是枯骨外露，只餘少量腐肉附在骨頭裏；有些則完好無缺，活像剛死的人，無一例外的是，牠們乳白混濁的眼睛都是望向我們。

從來跟着南門蔚對付的殭屍都是一兩隻，這次有千百隻，數之不盡，我可被眼前這個景像所震撼得説不出話來。

「我喺度幫妳。」我説。

「唔使。」

「妳一個人點搞得掂呀？」我轉頭對馬仔説：「麻煩你帶我個朋友走先，佢乜都唔識，好需要你保護。」

「無問題。」他説。

我呆望眼前這個景像，説：「你哋即刻搭最近嗰班船走啦。」

「咁你哋呢？」AV 仁問。

「我哋趕到就趕。」我説。

「好。」他説。

説罷，他們兩個人便趕緊下山，往碼頭逃命去。

「你做咩唔走？」南門蔚問。

「妳一個人點搞得掂呀？」

「你喺度都搞唔掂。」

「唔緊要，妳有教過我一啲劍法嘛，雖然唔係好得，但用下符我都得嘅。」我説。

眼前數千隻的殭屍已經緩緩向我們步來，我的心不禁一凜，差點也想拔足往山下跑去。南門蔚這時給了一大堆活咒符及驅魔符我。

第七街
失控

　　我取出活咒符，注入墨氣，白符瞬時變成紅色，貼在地上，紅光一閃，一個火紅的結界立時圍在墳場的四邊，進出的殭屍都被火燒得皮肉變焦，一時間整個地方都是人肉燒烤的味道。

　　可是殭屍的數目太多，燒了數隻後，結界已經支撐不住，數秒失效。

　　「點算呀，太多殭屍，完全頂唔住佢哋喎。」我問。

　　牠們像雜亂的蝗蟲「凶湧而至」，想吞沒一切，在生死繫於一線之間，南門蔚從袋中掏出十二張驅魔符，二符分開平行放在地上，拼成六條線，四、六條線連成一線，成為一個卦形，然後注入墨氣，唸道：「地坤為上，火離為下，地火明夷。」

　　墨氣源源注入驅魔符，卦符成了火紅色，地上紅色閃耀，頓時爆出熊熊烈火，火勢甚猛，一下子把急襲的上百隻殭屍吞滅，不留灰燼。

　　滅了百隻，又補上百隻，源源不絕地到來，好像數目沒有減少過。

　　她又再拿出十二張驅魔符，多使一次「地火明夷」，巨大的火風暴左吞右噬，捲沒眼前一切的白殭，可是仍有大量的白殭從地上湧出，密集得像蟲害。

223

「走。」

她拿出青冥劍，揮劍連斬數棵樹，大樹倒下，算是封
了一邊路，她再一躍，跳到另一邊，再封上路。

「咁樣都頂到一陣，不過唔耐。」她說罷，就拉着
我走。

「妳好似面色蒼白咗好多。」我說，感到她手的溫度
冰冷不少，是剛才墨氣耗損太多。

「多事。」她白了我一眼，可是這次有氣無力。

「我哋實走到㗎，頂住啊。」我說。

我們奔到大街，殊不知數十隻殭屍早就逃到內街，到
處咬人，各人嚎叫四散，亂得一團，被咬者又變殭屍，再
四出咬人，人傳人，屍咬人，瞬間大街亂成一團，哭泣聲
不絕，頓成地獄。

「佢哋唔係已經有預感會做殭屍？」

「佢哋預係一半人，無諗過會有山墳殭屍咬人令最後
全部人變晒殭屍，嗰個黑衫人呃晒所有人。」

　　「即係佢……根本一早已經想將呢度所有人變成殭屍？」

　　「係，而家超出傳染基數，我哋再滅屍都無用。」她説：「呢度無救，衝出去。」她説。

　　此時碼頭一班船正開走，大量人擁上船，連船頭都擠滿人，迫得要命，船急速駛走，有些人因站在船邊，失足跌進海裏。

　　「點算？」我問。

　　「AV仁佢哋？」南門蔚。

　　「應該上咗船。」我説。

　　此時碼頭亂得不可開交，屍橫遍野，再説有數百隻殭屍，再留下也沒有用。

　　「我哋搵一個地方。」她説。

　　我們一路上斬殺了好幾隻殭屍，仍然被無數的殭屍追趕，長洲各處已淪陷，所有人變成殭屍只是時間的問題，我們邊走邊戰，殺出重圍，好不容易走到教堂路，進去其中一間教堂。

一進門，便是一隻神父殭屍，牠見我們就撲來，我急步向前，左手擋住牠的口，右手貼符在牠頭上。

「對唔住，神父，借你個地方一用。」南門蔚説。

我們將所有的門口都封上黃符，算是暫時頂住牠們的攻勢。

「點算呀出面地獄咁。」我説。

她呼了一口大氣，倒在地上。

「妳無事嘛？」我問，扶她坐在椅上。

「無，只係頭先用得太多墨氣。」她説，面色虛弱。

我打開手機一看，新聞正報導有強烈的颱風正往香港襲來，規模之大是十年一遇，但除了颱風之外，就再沒有其他新聞，絲毫不提長洲的現況。

「係政府唔知定點？」

「應該唔係，係各大媒體都被人封嘴。」

「弊，如果普通人唔知，入咗嚟咁點算。」

「你應該問，如果有任何一班運有殭屍嘅船出咗去點算。」

「但而家打大颱風，應該無船再入。」

「希望。」

「長洲有二萬人，如果有二萬隻殭屍出去，都唔惹少。」

「你計漏咗，仲有墳地出嚟嘅殭屍，嗰度應該都有萬幾……呢招係好古老嘅黑道術，究竟係咩人會咁做？」她一邊沉思，卻不得答案。

「三萬？」我問。

「三萬隻都夠香港淪陷。」她氣若柔絲地說。

她的臉色一白再白，看來所用的墨氣實在太多，至少從震撼的效果來計算，越強大的東西所要付出的代價越大，所以承受的自然更多。

「你都係抖下先啦，呢度由我睇住得。」我說。

夜晚，她開始發起高燒，幸好教會的後堂有充足的食物和水，夠我們在這裏一段時間休養。我不斷替她換濕布降溫，只是沒有什麼好轉。

227

她這副模樣，是不太有機會衝出去。

她昏睡的那段時間，我收到 AV 仁他們的電話，他說他們平安到埗，但所有的船停駛，他們也沒有機會回去。

「黐線，長洲發生咁大件事但係政府竟然可以一句都無講過，竟然只係報颱風嘅消息，我哋好似活喺平行時空咁樣。」AV 仁激動地說。

我想起在高街時，那殭屍所說的話，就是政府也是一直大力將殭屍帶入香港的原兇，這次發生這麼大的事其實背後有否政府的意思，也是未知之數，但從這樣的態度來看，應該也是有份參與其中。

忽然傳來：「畀我聽！」然後就是一陣雜音，之後就是呂子璇的聲音，應該是她搶去電話。

「你哋而家點？」

「我哋而家喺教堂避緊，應該無乜用。」我說。

「我鬧爆 AV 仁佢哋，竟然丟低你哋就咁自己返嚟見死不救。」她激動地說。

「咁佢哋喺度都幫唔到咩手。」我說。

「我唔理啊,你一定要同我安安全全咁返嚟。」

「呂子璇。」

「咩?」

遲疑半晌,我説:「無嘢,你哋記住買多啲食糧,留喺屋企,香港可能會淪陷。」

收線後,我嘆了一口氣。

望着外邊屍橫遍野的街道,我不禁打了一個大冷顫,如果真正殭屍病毒大爆發,我們根本束手無策。

一直以來,都是南門蔚保護我,這次該換我保護她了。

「蔚。」

「婆婆。」

「妳要記住,做一個驅魔師唔可以有太多情緒,一定要無情,如果唔係你會好容易同情嗰啲殭屍嘅遭遇而唔敢殺佢哋。」

229

「知道。」

「記住同情還同情，為咗蒼生，殺殭屍，一隻都不能少。」

「知道。」

「劍指太低。」

「係。」

「墨氣唔夠。」

「係。」

「婆婆，咩係 Jollibee ？」

「收聲！食慾喪志，以後唔准再提。以後食菜就得啦。」

「係。」

「婆婆，點解我一定要殺殭屍？」

「因為呢片土地，有危險意識嘅人唔多，就算有，都無乜人會願意企出嚟，我哋一家，係點都要守住呢個土地。」

「點解要我哋，我哋放棄呢個地方得唔得？」

「唔得。」

「點解？」

「因為生於斯，長於斯，世上無第二條根。」

「妳醒啦？」我問。

她滿身是汗，看來是作了一個長夢。

「韓壬辰。」

「嗯？」

「你有無後悔過識咗我？本來你係為咗我可以保護你，但而家一齊陷入絕境。」

她雖是香汗淋漓，但睡了一覺後，精神是好了不少，不過仍是高燒不退，臉頰火紅得如紅蘋果。

「無。從來都無，我覺得做咗妳嘅助手係人生中最正確嘅事。」

「即使今日我哋有可能會死喺呢度？」

231

「無錯，人總有一死㗎啦，可以同妳死埋一齊都算唔錯。」我開玩笑道。

她微笑，有點婉惜的說：「但我都係幫唔到你解開謎團。」

「唔緊要啦，我都早有答案⋯⋯上司同殮房嘅事，九成都係同政府有關，妳都已經救咗我好多次，咁樣已經好足夠，無妳嘅話，我已經一早畀殮房唔知邊隻殭屍殺咗啦。」

她笑了。

「放心，我會帶妳出去。」

「你？」

「喂，唔好睇小我先啦，雖然我學唔到妳一成，但殺一啲白殭絕對係綽綽有餘。」

她輕笑，還是有氣無力。

我說：「之前妳叫我約嗰隻船，佢㗎緊。」

「佢願意㗎？」

「當然係一個天文數字，但夠佢亡命咁救我哋。」

「好，但要出去都好難。」

外面屍橫遍野，實在難以突圍。

「我叫咗佢去東灘，應該都係一段路，五分鐘路程好近。」

「嗯。」她面上仍有擔憂，我倒是明白。

「我聽日會開一架裝滿喇叭嘅車出去大街，引開大部分嘅殭屍，然後同妳會合，妳去海灘就得。」

「唔得。」

「得。」

「你會死。」

「我唔會。妳對我無信心，都對自己有信心。」

「咩意思？」

「做咗你助手咁耐，知我咩料啦。」我說。

「都唔得……」

「妳信我啦，當係信妳，妳講嘅嘢、要訣我——都記住，請信妳徒弟一次。」我誠懇地説。

她好不容易被我説服。

明日一早上，我就把教會內和附近民居所有的喇叭搜來，放在一架小型車上，因為白屍最敏感聲音，這絕對會把所有的殭屍引來。

把一切架好後，我説：「我好哋好快再見。」

「我都係跟你去。」

「妳仲燒緊，去只會拖累我，唔好啦。」

「……」她把驅魔劍交給我，説：「咁呢個你護身。」

「妳呢？」

「我有符，同埋你最危險。」

「咁好啦。隻船十點到，如果十點三都見唔到我嚟，妳就走先。」

她點點頭，説：「……小心。」

道別後，我駛着車，手有點震，其實我的內心也是非常緊張，不過為了南門蔚，這是唯一的方法。

駕車駛到路中心，近食街的附近，已看到滿街都是殭屍，數量驚人得可怕，我打開嗽叭，頓時群屍擁來，叫聲衝天。

我從未見過如此恐怖的場面。

「嘍啦嘍啦！」

我踩動油門，車全速前進，一下子推開了數隻殭屍，不過在茫茫屍海中，只是滄海一粟而已。

牠們全都不要命的擁到，像看見食物一樣不絕而來。

我踩盡油門，馬力最大，往碼頭衝去，把他們摔在身後，牠們卻窮追不捨。

碼頭大街的殭屍更多，少説也有數百隻，全堆滿在碼頭門口，一聽到引擎聲，發瘋般擁至。

「死死死！」

牠們口中不斷唸着死字，像惡咒一樣，面上盡是飢渴，恨不得把我碎屍萬斷。

十時零一分，還有三分鐘，船應該差不多到，我只要繞過一圈就可以，誰知前路又突然擁出數千隻，千多隻殭屍堆在一條大路，車也有點受不住，車速開始慢了下來。幾隻殭屍見狀，立馬堆成一團，跳上車頂，欲從上襲擊我。

我一個急彎轉身，牠們站立不穩摔了下來，車卻轉彎減速，其他殭屍見狀，趁機上前用身軀頂翻車。

危急之下，我只好跳車，掏出青冥，血紅色劍身突出，左揮右撥，想在重圍殺出，但談何容易，眼前是重重圍困，數千隻殭屍圍得團團，我心中一涼，可能真的要命喪於此，現在只害怕南門蔚，她到底安全上船沒有？心裏正惆悵之際，眼前遠方酒店的頂部卻站了一隻殭屍。

黑色的西裝、紅色的領呔，脫下墨鏡後，露出黃色的眼睛……是牠。

牠一躍來到地面，笑了笑，其他殭屍對牠甚是害怕，像動物看見更兇猛的野獸般，紛紛退後，本來塞得水洩不通的街道頓時騰出許多空位來。

本來激戰得喘不過氣來，忽然靜如止水，有點違和感。

牠拉一拉自己的領呔，説：「我哋又見啦。」

「今次唔着唐裝啦？」我問。

牠拉開黑色的西裝外衣，內裏還是唐裝，西外中內，格調古怪，不倫不類。

這一次終於認真看清牠的面目，雖然牠滿身皺皮，但跟其他的殭屍不一樣，牠除了眼睛是黃色外，沒有其他地方像殭屍，沒有殭屍的面色蒼白，反而如一個普通人有血色。

「師兄啲 Taste 幾有趣，係咪啱啱出省城，使唔使我幫你執執佢。」我問。

「啱，講多啲嘢，我怕你之後無得再講咁多。」牠説。

「啱嗰個係你，你上次殺死小君條數都未計。」我説。

「係你哋嚟搵我，怨得邊個。」牠嘲笑説。

「明明佢只係一個普通人。」我説。

「可以報仇呀，我無所謂，反正我接到命令，今日長洲一定要有一個人死，而家長洲已經再無活人，所以嗰個只會係你。」牠脱下西裝和領呔。

「或者你計漏咗，死嗰個係你。」

我疾劍刺去，牠往後一退，一退便是數丈外，輕鬆逃過我的劍。我應勢而上，偷吃身步，右掌擊出黃符，左手向下猛斬，牠又是一退，用手抓住我的右腕。

「太慢。」牠說。

我掙脫開，回身一掃，牠用利甲一擋，我左撥右刺幾下，劍勢雖快，每下都差點中劍，但牠躲避更快。

「哈哈。唔錯，但比起你個靚女南門一族都仲係差得多。」牠笑着說。

「咁你無理由殺小強都要佢出手嘛。」

牠怒目而視，說：「你真係好多嘢講。」

「OK 啦，對住啲就死嘅人，我都想同佢講多啲嘢，驚無機會。」

「我就睇下你係咪仲咁嘴硬。」

忽然，眼前又再出現母親的影子。

「阿辰。」

「媽媽……」我搖搖頭説：「唔係……妳唔係真。」

「阿辰，你唔係我哋個仔，喺我哋家庭入面只係一個外人。」

「唔係……」

「你係外人……」

我抱頭大叫，一下拍打自己的頭，眼前幻覺又散，出現的是牠的身影，正嘲笑不已。

「所以話，人類係低等。」牠説。

我持劍前衝，牠轉身避開我的突刺，一手抓住劍，我竟然完全發不上力。

「你哋啲所謂墨氣呢？唔係話可以克制我哋咩？」

丁點都移動不了，我是被牠完全壓制住。

「好啦，小把戲玩完，死啦。」牠説。

我左手欲揮拳解困，卻被牠一手捉住雙手，啪的一聲，牠往外一拗，我感到雙手關節位發熱如火炙劇痛，扭曲成彎，顯然已斷。

「已經係廢人一個，你無救啦。」

牠露出獠牙，想往我的頸咬去，我嚇得後退，牠一躍來到我身後，速度快得驚人，完全是人類的眼球不能捕捉的，從後捉住我。

「認命，加入我哋。」説罷便往我的頸一噬。

我⋯⋯要死了嗎。

在人生的最後關頭，我想起的是南門蔚。

希望她見不到我，會自己先走。

對不起。

「噠。」

我感到利齒刺破我頸項的皮膚，很快屍氣就會傳入我的內身，將我變成一隻活殭。

屍氣入體，如同有一種血管閉塞的感覺，將你全身的血管，由頭至腳，屍氣所經之處，所塞得血氣不通，漸漸呼吸不能，全身血管外露，有種窒息的恐感。

啊⋯⋯

死吧⋯⋯

死吧⋯⋯

這種痛苦如十級的地獄，腦海一片混亂，時而望見藍天，時而望見水底，時而森林，十萬個人物從我的腦中飛快浮現，如同加速一百倍的幻燈片，飛略如流星雨。當中有我的家人、朋友、曾經的戀人、同學、前輩、陌生人、路人⋯⋯

地球、宇宙、太陽⋯⋯

母腹中的BB、小孩子、踢足球、上學、男女交歡、再生育⋯⋯

我不斷地咳，咳嗽得如雷響，起初是口水，後是黃膽水，把一切能嘔的都嘔出。

「有無諗過，人點解要死。」

此時腦海浮現一把聲音，揮之不去，如同有一個人在你身邊說話。

腦袋已經不受控，手腳亦是，腦中出現的全是墳地、火葬、海葬，骨灰……家人傷心痛哭的畫面。

是母親……

是母親在痛苦的流淚，對着我的屍體流淚。

「有無諗過，可以長生不死？而家死咗，就乜都無……你都做唔到你媽媽心目中嘅乖仔。」

我開始看見我們一家團聚的畫面，母親和父親開心地接納我入屋，弟弟拍拍我的肩膊。

「只要長生不死就可以，仲要比人類更進化。」

我穿梭在都市中，視普通人如無物，所有人類都尊敬我，向我下拜。

「加入我哋，成為殭屍。」

屍氣已上到我的腦海，全是一幕幕殭屍擁有世界的畫面。

……

……加入？

呼……

呼……

……加入？

呼……

呼……

……加入？

呼……

呼……

「不了，我想要自由。」

「咦？」

咦是從牠口中發出的疑問。

「點解？無晒屍氣？」牠皺眉問。

無屍氣？我沒有變成殭屍，只是頸上多了兩個傷口，牠不服，再咬，仍是什麼事都沒有。

「點解……？」牠急忙說：「你哋嚟！」

有數十隻殭屍聽令，一同撲上來，七口八舌就咬住我。

然後，頓時我全身多了十幾個牙印，卻什麼事都沒有發生。

「你……你究竟係咩人？」牠開始露出驚恐的面色。

我感到一股莫名其妙的暖流由被牠們咬的傷口蔓延開全身，溫暖舒服，無以名之的電流酥麻感，由頸至腎再到全身，只感覺全身開始發熱，熱得不可耐人。

「雖然唔知咩事，但唯手撕你變成碎屍，死啦！」牠伸出利爪，狠抓而來。

我沒避開，反迎面揮拳，用力一擊，竟把牠打出幾米之外，撞入一間時裝店內，碎片落得滿地都是。

「發生咩事？無可能！」牠拍拍身上的塵沙和玻璃碎，吐吐口水，再度衝來，這次的速度更快。

只是牠衝至我面前時，我的本能覺醒，危機感大增，牠的動作忽然慢得如電影裏的慢鏡一樣，每一招式、每一下出拳都見到清清楚楚，我側身避開，再橫腿一掃，把牠一腳踢飛，再撞倒幾米外牆壁。

「你隻眼……？」牠驚呼。

我望見店舖的玻璃，不知何時，我的眼睛已經變成月黃色，就如牠的眼睛一樣。

我是殭屍？

不，我感受不到屍氣，但我的身體卻是出現變化，這變化是在被眾多殭屍咬過之後發生，雖然還未清楚是什麼，但我清楚的是，現在我有力量打敗牠。

　　我拾起驅魔劍，全力左腳一蹬，右腳踏出，身體一陣輕盈，好像可以跳上天空一樣誇張，我聽到空氣爆破的聲音，迅猛趕到牠面前，牠揮爪去擋，我閃過，使出南門教過的「颯沓流星」，蓄力疾刺牠的下腰間，直穿背後。

　　「哄。」森綠色屍氣源源流出，牠吞出一大口鮮血，然後無數肉眼可見的鬼魂從牠身上飄出，化為泡影。

　　「屍鬼合一嘅魃？咁唔怪得佢可以控制人精神，但……同魃唔同，唔係怨靈控制殭屍，係殭屍控制鬼？」我有點明白，想了一想，卻更疑惑。

　　「估唔到……係我死前竟然會遇到**殛**。」牠用力吐氣說。

　　「**殛**？」

　　「但你都係唔會阻止到呢個計劃，因為佢比我強百倍。」

　　「邊個佢？」

　　牠來不及答我，已經屍氣絕散，退成一具乾屍。

　　我嘆了一口氣，小君，總算幫妳報仇。

第七街
失控

我望一望手錶，糟了，還未搞清楚我發生什麼事，時間已經是十點十四分。

餘下的殭屍見唐裝黃殭已死，立時群龍無首亂成一團，我沒多經思考，因為時間不多，使勁的跑往海灘，跑着跑着，只覺身體輕盈易動，比剛才的感覺更強烈，一步十行，瞬間便由碼頭來到海灘邊。我對自己身體的狀況更多是害怕，到底我是不是已成怪物？

可是跑得再快，時間還是晚了些，已是十點十八分，只見有一小船仍在泊灘邊，引擎正動，隨時候命。

「開船！」我喊道。

我一跳上船，船便馬上開動，餘下所有殭屍在海灘，追又不是，手足無措。

「你趕到！」南門蔚興奮得緊抱我一下，頃刻便笑容漸退，又回復常態：「我以為你會死。」

「妳擔心我呀？」

「無人擔心你。」

「佢擔心到你死，差啲想衝出去搵你。」船家一邊駕船離開，一邊插嘴說。

247

「妳擔心我咪講囉，我又唔會講出去。」我説。

「無人擔心你呀，我不知幾想開船。」她説。

「十八分。」我把手錶展示給她看。

「你個嘢壞咗。」她説。

「你老尾，你兩個情人有無理我嘅存在？」船家説：「我好歹都係冒住生命危險救你哋出嚟嘅人喎，多謝都無聲。」

「多謝你。」我們異口同聲地説。

船乘風破浪駛離長洲，在風雨交加下，我們被吹得滿身濕透，卻比剛才多一份安全感，我倒在船上，呼了一口大氣説：「我原本都真係死硬㗎，仲遇到之前高街隻黃殭。」

「黃殭？」

「無錯，我終於知點解佢會控制到人嘅幻覺，原來係屍鬼一體，好似胡新海件事咁，但只不過今次唔係怨靈主導。」

「我有聽過高等嘅殭屍係可以控制鬼，只不過近年喺香港都少見，如果係咁就會更麻煩，吸取怨靈嘅邪氣，就會變得比同等嘅殭屍更難纏。」她說。

「無錯，佢非常難打。」我說。

「咁你點解會嚟到嘅？」她問。

「關於呢點，我都好想問妳。」我說。

我把剛才在海灘的所有一五一十告訴給南門蔚，包括展示殭屍咬我的傷口，奇怪的是牙印全都消失。

南門蔚一直默然聆聽，待整個故事完結後，她仔細無遺地檢查我的全身，說：「睇落唔似有屍氣。」

「的確無，我都覺得好奇怪，會唔會係我對世間無任何執著？」

「你無？」

我思索一番，瞥了一眼她，說：「應該唔係呢個方向，佢死前好似講過⋯⋯我係咩⋯⋯殛。」

「殛？」

「妳有無聽過。」

「無⋯⋯我知少少，但呢樣要問更有經驗嘅老前輩。」
她眉頭深鎖，神情仿佛告訴我，她知道些什麼，卻不願透
露，肯定不是好消息。

「我到底係咪怪物？」我問，她只是沉默不言。

烏雲被我們拋在身後，回望長洲，這小島連同三萬隻
殭屍已消失在我們的視線。

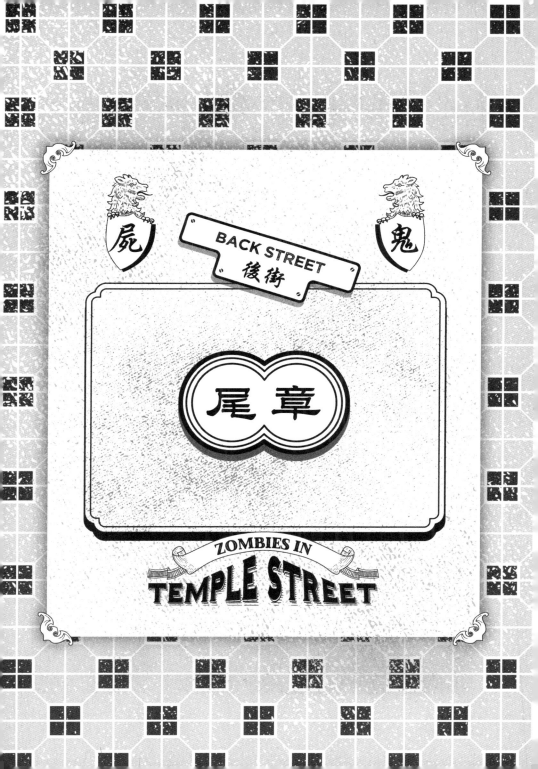

尾章

由於全身乏力，我終於敵不過睡意，不知不覺間在船上熟睡。

似是一眨眼的時間，我們的船已經駛回中環碼頭，香港高樓林立的景色映入眼簾，我發現自己靠着南門蔚的肩膀睡了，她正在翻看一本古籍，看得入迷。

此時，手機傳來突發新聞的通知，是一個廣播通知，而這廣播是全港性，所有香港市民都看到的直播。

「各位香港嘅市民大家，而家係一個機會，畀你哋可以有機會長生不死。」

鏡頭前說話的，正是黑衣男。

「呢個方法係，殭屍。雖然好多人未聽過，但我可以同大家講，殭屍係存在，一個比人類更高等嘅存在。香港大部分人喺目前呢片土地都未進化成殭屍，而我哋好樂意將你哋融入殭屍國度裏面。殭屍擁有力量、超越人間疾苦。無生老病死嘅煩惱、殭屍無需同你嘅愛人分開，殭屍甚至唔使煩生計，只要我哋繼續去吸人血就可以。

只要加入成為殭屍，我保證香港人可以面臨一個無血無痛嘅大進化，一切都喺和平下進行。喺今晚十點前，我會各區擺設街站，只要所有人出街飲我哋所製嘅藥水，就會無痛變成殭屍，我保證你無任何財物損失，會變成黑殭，殭屍等級中較高等位置，但如果過咗今日，咁所有人都會係低等嘅白殭或者係⋯⋯食物，唔好怪我哋破壞一切。」

　　牠説畢，背後就有幾位高官出來，為其站台，大放厥詞，言説成為殭屍的好處説：「我哋可以保證，香港大部分人飲用完藥水成為殭屍，所有嘢都無變，甚至更好，因為我哋有殭屍嘅力量同不死身。」

　　「係大進化定大清洗，黐線。人類竟然吹奏殭屍，呢啲係咪『人奸』？」我説。

　　「黑衣嗰個講嘢嘅語氣同聲音好怪，唔似係一個人。」南門蔚説：「我睇到佢體內應該有好多鬼魂。」

　　「咩意思？」我問。

　　她再翻起古籍，説：「頭先你講完唐裝個老伯後我有查書。不化骨，係一種殭屍專門吸食怨靈而生，得到鬼靈至陰之力，超越好多同等殭屍，係唔少殭屍工會嘅死敵。聖經都有記載過一個人被村民隔離，因為佢鐵鎖鎖唔住、刀槍不入，仲四處吃人最後畀耶穌驅除，格拉森嗰個被鬼附嘅其實就係不化骨。」

「咁不化骨可以被幾多鬼附？」

「聖經嗰次係二千。」

「二千隻鬼？！咁你睇到佢有幾多？」

「可能差唔多。」

「唔係咁大鑊呀，如果係咁……點玩？」

二千隻鬼附是什麼一回事。

此時，一隻大輪船驀然在我們背後出現，與我們同方向往中環駛去，船上站着的一個個不動、面色青白的人，堆滿整艘船，應該是長洲來的殭屍。

「又話和平。」我說：「好明顯唔係咁諗。」

「殭屍係呢個世界最唔可信嘅生物，艘船好明顯有政府背後支持，而家打風點會仲有船開。」南門蔚說。

「呢度有幾多隻……」我望了一眼，數之不盡。

那大船急駛靠近，應該想撞向我們，但船家的技術倒也高超，馬上一閃，向右面急轉，一下避開。

「喂，我唔得啦。」船家説：「我喺碼頭放低你哋，但得十秒落船。」

　　「唔使十秒，近岸就得。」我説。

　　「吓？你點上呀。」他問。

　　「信我。」

　　我拉着南門蔚的手，在船快要到岸，相距不到半米之際，我們一跳，躍出幾米外，輕鬆落地。

　　南門蔚吃了一驚，問：「你幾時變得咁大力？」

　　「就係畀嗰隻嘢咬咗之後。」

　　此時那大船已靠岸，一群衝出碼頭，深入市區，另一大群殭屍「凶湧而至」欲圍堵我們，她拔出長劍，迎戰前來的殭屍。

　　「妳得唔得㗎？」我問，她仍是高燒不退，情況不理想。

　　「可以。」她説。

白殭的動作比起黑殭來説不快，她起手就斬下數十隻，一時間屍氣蔽天，完全沒有殭屍能埋身，可是數目太多，始終圍成一團就等於死定，我們且戰且退，嘗試打開缺口，忽見路邊有一汽車。

「上車。」

我們跳上一輛汽車，那個司機本來熟睡，看我們無故闖入，本來欲大罵我們：「呢架唔係的士……」但話未説畢，只見大群殭屍衝來，嚇得臉青口唇白，目瞪口呆。

「開車呀！」我大叫，他這時才反應過來，腳踏引擎，車急速駛走，把差點趕上的殭屍摔掉。

他沿匯豐中心駛出，直轉入往西環方向，沿途盡是殭屍在街上襲擊人的情況，牠們如飢餓的狼，見人就撲上去，或將中年男人碎屍，或將年輕男人咬成殭屍，其他路人見狀，紛紛嚇得逃亡叫救命，但是沒有人來，反被數十隻殭屍所困，一個婦人抱着一個小女孩被重重圍困，一群殭屍撲上，二人之後也受感染變成殭屍，繼續撲向街上的其他途人。

目睹這一幕，我忍不住大叫：「停車！停車！停車！」

「你而家去都無用。」她冷靜地説。

「佢……佢……佢哋係咩、咩……咩嚟㗎。」他問。

「殭屍。」南門蔚說。

這一帶已頓成人間地獄，慘不忍睹。

「香港失守。」我嘆道。

「仲未。」南門蔚說。

「仲未？佢哋已經入晒嚟啦喎。」我說。

「仲有一個方法救到香港，返廟街。」她說。

「廟街？點解？」我問。

「殭屍同人類唔同，好似軍隊咁講集體意志，所以係最好嘅軍人，當上層要做乜，佢哋完全違反唔同上層嘅意志，只能照做，所有攻擊都係靠上級意思。所以如果喺嗰區最高級嘅殭屍死咗……」

「其他殭屍就會散亂？」我問，想起長洲殺死黃殭後，所有的殭屍群龍無首的樣子。

「無錯。」

「但妳都係無答我問題，關返廟街咩事？」

「你有無留意，佢頭先講嘢地點背景喺廟街天后廟？所以只要殺死佢，香港仲會有救。」她説。

「好，司機唔該衝去廟街，快嘅。」我叫道。

「黐線㗎，你當我真係的士？我當然唔會去啦，而家返屋企避難！」他罵道。

「香港國難當前，如果呢個地方失守，唇亡齒寒，你唔係以為可以獨善其身呀？」我勸喻。

「哼，我最多咪走去第二度，我又唔當呢度係屋企，呢度關我春事。」他笑道。

「呼」的一聲巨響，忽然一陣失重，天轉地轉，車輛被不知名物翻側，我們被撞得翻滾數圈。

「嗶，好痛。」我道。

「無事嘛？」她問。

「呢個故事教訓我哋一定攬安全帶。」我道。

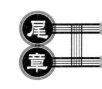

　　「啊！」司機忽然大叫，被一手拉了出車外，我們好不容易爬出車廂，只見一個身材魁梧、滿身是肌肉的男人，單手提着司機，他已經被吸乾所有的血，成了一具乾屍，面上是不明不白的眼神。

　　「韓壬辰、南門蔚……搵到。」牠瞪着我們，以一雙藍色的眼睛。

　　那雙藍色的眼睛是寶藍色，眼神呆滯，只單單注視我們。

　　「藍殭？」我問：「白……黑……紅……黃……藍……咪已經好高級？」

　　「係，已經係好高等嘅殭屍。」南門蔚説。

　　「妳有無遇過？」我問。

　　「聽過，我婆婆就係死喺藍殭手上，而我從來未遇過。」她説，表情極為認真，看來這次她也覺得眼前所站之人非同小可。

　　「咁佢哋嘅能力係咩？」我問。

　　「我都唔知。」她説。

「唔緊要，都係咁打啫。」我說，只是心裏也沒有什麼底。

「睇嚟今次佢哋係好認真，派咗唔少殭屍嘅精英入嚟香港。」她說：「係真係想一次過將香港變成殭屍城市。」

「但佢哋會失敗。」

「我都唔知，要睇下今次入嚟嘅，到底係幾多高等嘅殭屍……」南門蔚說。

「殺咗佢先！」我白符在手，注入墨氣，頓時藍色水符，揮向牠腹前。

牠一個翻身閃過，再抓住我過肩摔，我被狠狠摔在地下，全身骨裂一般，牠沒有放過半秒機會，跳起，一招跪地裂，我急忙翻滾，牠的膝蓋猛然撼破地面，碎石飛天，威力驚人，如果沒有避開，我必然魂斷於此。

「乜料……」

我望着眼前滿身肌肉的男人和碎裂的地面。

「黐線，呢個究竟係咪人嚟！」我驚嘆地問。

「佢哋本來就唔係人。」南門蔚答道：「係殭屍。」

「我當然知道啦，都係講下啫。」我説。

南門蔚拔劍上前，迎向牠正面，揮劍一斬，牠倒也不避，直接以身軀硬擋這劍，「鏗」的巨響，劍活生生被反震，在南門的手中抖動不已，可見這劍本是用盡全力，卻是斬不穿牠的肉體，是牠肌肉如鋼鐵的石硬，還是南門蔚未回復能力？

牠一手捉住南門蔚的纖手，再來過肩摔，把她狠摔遠方，失重之際，她以左手撐地，敏捷的翻了一個漂亮的筋斗，只是手上被抓之處盡是紅腫。

我感到胸口一熱，上前支援南門蔚，蓄力一拳打向藍殭，誰知牠輕鬆的一掌擋住，反扯住我的手腕、再捉手臂。

「啊！！！！！」牠用力一吼，發出澎拜的叫聲，戮力將我摔出視線外。

只感到風急速在我身後流動，我以不可思議的速度飛離牠們，向心力讓我有點腳輕，直至碎的一聲撞上一幢外牆，深深嵌入其中，動彈不能。

來不及喘一口氣，南門蔚以移到牠身後，橫劍輕挑，連連在牠背後刺下十多下，牠轉身想捉，她腳步輕踏，快得牠應之不及，團團轉抓不着頭腦。她專攻牠的下盤，是欺其移動笨拙的弱點而攻，十多重劍斬下，牠開始露出傷口，不再是鋼鐵的身軀，傷口越見越深。

南門注入更多墨氣，奮力一揮，牠的腳便被一劍斬了下來，牠失平衡倒在地上。

「得咗！」我高喊：「都唔係啲咩勁嘢啫，輕鬆搞掂。」

南門蔚呼了口氣，步前準備一劍了結牠時，只見她被一腳踢飛，回頭一望，牠寶藍色的眼正閃閃發亮，剛才被斬下的位置，又長出新的腳，而且被剛才的腳更加粗壯大力。

「呢個……」我問：「呢個就係佢哋能力？」

她默然不語，汗流浹背，本來發燒的面頰更是緋紅。

她掏出紫線，線上繫住數十張黃符，左手扔出劍，劍在高空盤旋，吸引了牠的視線，迅雷不及掩耳間，她迅身纏上牠身旁，連連用線綁住牠的左手右腳，紅光一閃，一手一腳應時切斷。剛好此時，她接過跌落劍，正當想一下刺上牠的頭時，被牠重生的手捉住，一拳將她打飛。

我見她受傷，也顧不得什麼，掙扎脫身，想幫她時，不知何時，那隻藍殭趕到我身旁，我一時反應不及，被牠捉住手臂

牠吸了一口大氣。

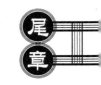

1……

2……

3……45678910

　　牠接連揮出數十下拳，拳拳有力，每一下我都感到身體的震碎，天旋地轉。

　　「啊……」我忍不住吐出鮮血，跪在地上。

　　「咁都唔死，你都算係捱得，係第一人。」牠說。

　　這時，電流又再在全身流傳，身體一半都是火熱，卻是痛得站不起來。

　　牠捏住我的頸，單手抽起我，上來就是一咬，只感到牠想吸乾我的血，可是除多了一個洞口卻什麼事都沒有發生。

　　「奇怪……」牠皺眉，似是從未遇過這樣的事。

　　「係咪無帶飲管吸唔到？」我說。

「殭？」牠疑惑地説：「我一直都以為係傳説，估唔到真係存在，唔怪得佢一直都搵緊你……所以……你一定要死。」

「咩意思？」

牠猛力捏頸，正當我以為自己的頸要斷開時，忽然牠鬆開手，我應時倒地，咳得不可開交，大力呼吸。

只見黑暗中火光熊熊，照亮得四周染成橙紅色。

那藍殭背後着火，燒成火人。

烈火圍劍，但見南門蔚握劍，捲起一條火龍，一招「火風鼎」疾刺牠的心臟，火從心散至四周，不足幾秒，牠已燒成灰燼。

「我……唔死得。」牠臨死的呼叫。

「好彩……頭先好……」我拍拍身上灰塵，站起來説。

來不及讚美她，南門蔚已在我眼前倒下。

四周的空氣變得混濁，曾經繁華熱鬧、盛極一時的都市、我們熟悉的香港，現今一片漆黑，高樓大廈群中失去萬家燈火景色，一切都變得陌生。

不少人已經變成殭屍，街上的殭屍數之不盡，站滿道路每一個角落，可是牠們是靜止不動的，像靜候上級攻擊命令的軍人，這個景象似是有軍隊駐紮於此。

相比港島的混亂，這裏的井然有序，顯然是殭屍上級的手段，軟硬兼施，背後為入侵作準備。

「不死！不死！」

牠們喊着口號宣傳，勸喻仍然留守家中的人放棄堅守，加入殭屍陣營。

街站排滿人龍，一個老爸拉着全家到街頭領取屍水成為殭屍，他的妻兒都極力掙扎，哭着說不要。

「人類已經無希望㗎啦，大勢所趨，到時人人都係我哋唔係，我哋就係地底蟲……呢個地方都係無希望，成為殭屍，成為新人類啦！」那個老爸不理全家的反對，兒女的哀哭，強行把全家人灌飲藥水，變成殭屍。

一個四十多歲的胖子扶着一個九十多歲的老婆婆，緩緩走到街頭，當他們拿到藥水一刻，那個男人驚喜得雙目發亮，似是得到一塊至尊寶貴的萬能藥物，說：「媽，終於可以醫好妳嘅病啦……我哋可以長生不老，永遠喺埋一齊，多謝……多謝殭屍上帝。」他不斷向街站的人叩頭。

「人類係落後物種，只有變成殭屍，世界先可以和平！香港先可以復興！」一個頭戴白布、身穿西裝的人在街頭演説，遊説人類放棄自己身份。

越過一條條街，目睹無數一幕幕可悲的畫面，我嘆了口氣，獨自來到廟街的天后廟，本來寧靜的公園，站滿殭屍，少説也有數百，牠們看見我便上前阻止，但見忽然停止，然後如開紅海一樣分成兩列，我走上天后廟內，牌坊門口站着高帽男人，黑帽、墨鏡、黑色外衣。

正是牠，那個一切背後的兇手。

「韓壬辰，估唔到你都會嚟到呢度。」牠開口説話，如南門蔚所説，背後似有無數聲音，恍若疊聲的效果。

「我都估唔到你殺唔死我，你有啲失策，我好失望。」我輕抹頭上的汗説：「你叫？」

「**傲因**。」牠再道：「當初我都估到你係一個大患，由喺殮房嗰日開始。」

「殮房嗰日？」

「殮房嗰日屍體失蹤嘅意外，係我做，黑貓係我放入去。」

266

「點解要咁做？」

「為咗大家嘅未來，人類嘅未來，殭屍就係人類最終嘅命運。」

「我無估錯，係同政府合謀？」

「政府一早畀我哋同化晒，大部分都係我哋嘅人，所以咁大單嘢先無人知、壓得住，得你哋兩個小職員知。」

「我上司……」

「佢查到高街，一個人去就無可能唔死，不過可以成為我哋製造殭屍藥水嘅人體實驗嘅貢獻者，都算死有其用，死得光宗耀祖。」

我早料上司因為知道事件早已遭遇不測，但真正得知時，還是有點震驚。

「殭屍，無自由嘅生物有乜好？」我嗤之以鼻。

「自由究竟係乜嘢？要幾大程度先叫好？世上無真正自由，自由係無絕對、又無用，你得到之後只會嫌唔夠。我而家可以令所有人都不死，甚至永遠都存在，身體強化，呢個仲唔係人類嘅理想國？你問出面一百個人，佢都會揀長生不死嘅殭屍。」牠說。

「唔係，因為佢哋無自由，只係你嘅工具，你只係想將全世界嘅人變成你嘅奴隸，永遠嘅奴隸。人無自由意志，根本幾長命都無用。」

「你鍾意點講就點講，不過一個咁樣嘅國度，同你哋本身所信奉嘅神國又有乜分別，天堂都係獨裁㗎啦。」

「唔同，你唔係神。」

牠此時想起什麼，笑問：「得你一個？你身邊一直保護你嗰個南門一族嘅女仔呢？」

「佢關你咩事？」我説着握緊她的青冥劍，注入全身的墨氣，自從被那隻黃殭、藍殭一咬，墨氣變得更是混亂，卻感到膨脹難耐，這次一下子將所有的墨氣全盤傾盡，劍身一出，呈現更為血紅，鮮豔如紅玫瑰。

「青冥，南門一氏代代相傳嘅遠古武器，同伽氏嘅定秦劍齊名，用咗我哋唔少殭屍嘅牙所打磨嘅利劍，係唔錯，斬低等殭屍係好有用，但可惜對我係無用。」

牠脱下墨鏡，露出一雙清徹有神的藍色眼睛，比起剛才那個大隻藍殭，牠的眼睛不是寶藍，而是深藍色，雖然身型不健碩，卻散發出比剛才更深的殺氣和危機感，讓人不寒而慄。

「有無用要試過先知。」我說。

「既然佢把劍都喺你手上，即係佢已經遭遇不測，好可惜。」

本來我很平靜，即使面對眼前數百、數千隻殭屍，我還是氣定神閒，可是經牠這樣一說，馬上觸動我的神經，雙手握劍，吸了一口氣，我就顧不上什麼，準備衝前突擊，只是沿路四周的殭屍反應快速，馬上圍堵，打算重重包圍我，我手起劍落，「咯嚓」聲不絕，起手就斬殺數十隻，但牠們仍是不斷擁上。

免得被牠們圍成一團、加上地理位置不利作戰，我退下到廟外，掏出白符運氣，現成紅符逕自燒起來，貼在劍上，符光一閃，我繞劍一揮，一個巨大的火龍捲風冒起，沿劍而出，燒出結界，把所有衝入火圈內的殭屍都燒成灰燼，哀號聲連連，但是後排的牠們仍源源不絕地擁上，因為牠們是不能違命。

「唔好呀……唔好呀……啊啊……」

舞劍一揮，瞬間將廟外跑出的數十隻殭屍燒絕，餘下的都不是難題，守着門口一路，就不斷有殭屍送死，一時間屍氣蔽天，薰得臭氣沖天。

尾章

「韓壬辰！殺咗佢我哋就可以自由！」後路開始有殭屍繞路而圍，我只好放棄樓梯一路，往內街方向跑去，但見殭屍由四周衝出，街道、電燈柱、樹木、球場、高樓大廈外牆，都是堆滿密密集集的殭屍，比蟑螂數目更多，我不禁打了一個冷顫。

我只好且戰且退，過於空曠的地方對我不利，只會受重重圍困。揮殺迎面而來的幾隻殭屍，逃入內街，借狹長之地勢打巷戰，一路殺出，牠們倒束手無策，一時不能靠近。

但是，後來擁上的開始屍堆屍、再屍疊屍，疊成幾層樓高的屍層，想向我撲來。我急忙貼出冰符，運入墨氣，一道藍光冰雪往牠們而去，將一大堆殭屍結成一個大冰塊。

這樣打下去是不行，我體力不支是必敗無疑，所以目標只有一個，我腳踏小販檔的檔口，右腳一蹬，一跳就上檔頂，不多時就看見牠，急忙趕至牠身後。

牠脫下高帽，當我揮劍斬去時，牠便消失於眼前，頓時出現在我的身後，速度近乎不可思議。

「你係勁咗好多，不過都係太弱。」牠在我耳邊說。

270

只感到左耳傳來一陣響烈聲，我整個人的左腰受到劇烈痛楚，被牠一腳踢飛，撞爛數個攤檔。

「啊。」

我緩緩流出牙血，想起身但覺得左側劇痛不已，應該是內出血。

「太快，要用冰。」我內心道。

此時，我明白我們之間相差太遠。

我拿出藍符，貼在地上，冰勢速前，我沿冰路刺去，但冰來到牠的面前卻消失。

「點解……？」我吃驚地問。

「太弱，唔係以為普通嘅符可以對付到我？」

牠一拳、兩拳……連打三十六拳在我身上，我連轟出至遠處，這時牠才脫下外衣。

黑色外衣下，手臂和大腿身上盡是一個個可怕的人臉。

怪物，簡直是怪物。

我才發現，那些人頭不是固定的，皮下的人頭都是浮動多變，每秒露出的人樣都不定，而且有男有女，有大人、老人和嬰兒，體內的人頭數之不盡。

我想，大概就是牠體內的怨靈。

牠說：「自由，呢個就係你哋想要嘅自由嘅後果。只要自由一日存在，災難就會喺度。因為人類係愚昧無知，又自私自利，戰爭、強暴、謀殺，種種傷害人嘅行為導致呢個世界嘅災難，無一日停過，怨靈就係咁產生。但只要大家都有同一個意志——殭屍意志，咁就唔會有問題同傷害，咁唔好咩？你答我！」

剎時間，我竟反駁不了，牠乘我一時混亂時，再閃到我面前，我想退後已來不及，牠一腳擊飛我，直仆地上。

頭破血流，流了些鮮血，腦袋總算清醒一些。

我擦乾眼前的血，說：「係，人類就係會不停犯錯，只識犯錯中學習，但自由正正就係一樣寶貴到無可取締嘅嘢，犯錯咗都要堅守，因為人可以有自由行惡，但亦有自由行善；有自由執著，亦有自由放低纏繞或者傷害過自己嘅嘢。」

此話一出，牠身體的怨靈好像有所共鳴，人頭鼓動不已，但牠一下壓制住。

「我都估到你會咁答，由殮房當日襲擊你嘅時候，你無變成殭屍經已知，所以你係必除不可。」牠説。

「你……有襲擊過我？」我問。

「當日我喚醒所有殭屍時，佢哋一早血洗成個殮房，包括咬埋昏睡緊嘅你，不過當時唔知你係殛，咬完就算，放咗你一馬。」

「殛就唔會變殭屍？」

「殛，唔怕任何屍毒，擁有自由意志抵擋屍氣嘅人，100 萬個人都出唔到一個，係我哋嘅大患。但你唔好以為係你自己嘅自由意志，只係當日有一具屍體係殛，你飲咗佢嘅屍水先無事，否則，你只係一個乜都唔係嘅人。」

我回想當日殮房的一幕幕，原來曾經發生這麼多事，我卻完全不了解，連那具奇怪的屍體是殛，我也不知道。

所以説，我是撞彩踩上狗屎運才避開一切？真的嗎？

「就畀你睇下，一個乜都唔係嘅人嘅實力。」我説。

我呼了一口氣，盡全力奔向牠，牠正面揮拳，我低頭閃過，那種運動事物變成慢鏡的感覺回來了，全身的細胞都像激活起來，伸手一貼，把符貼在牠的左腰，牠右爪伸探我的左肩，我順勢捉住牠的右手，劍尖風馳電掣的上挑，「嚓」的一聲，割下牠的右腕，我趁機左揮右斬牠的右臂和肩頭，整隻右手便應聲落下。

我連着貼了兩道冰符在牠身上，爆出一陣雪煙。

牠抹抹身上的殘雪，右手已長回來，身上沒有損傷。

「都話咗，呢把劍對我係無用。畀你見識下咩叫我哋之間嘅差距。」

幻影殘餘原地，牠已閃現在我的面前，再度一拳、十拳、五十拳，我感到全身都震烈倒下，牠吼叫一聲後，停下所有活動閉目。只覺四周一陣極大的窒息感，強烈的屍氣從四方八面而來，附近所有的殭屍都一一倒下，化成白色的靈魂，飄入牠的體內。

過了好幾分鐘，數千隻殭屍魂入了他的體內後，再度張眼的牠，已是陰森恐怖的普魯士藍色眼睛。

「你贏唔到我。」牠說。

「我知。」

「知你仲打？」

「咁有啲嘢係要守護，
即使知其不可為都要為之。」

「廢話，力量就係一切！」

牠用全力一拳把我打飛。

頭昏腦脹，眼前一黑，眼前幻燈片的又回到那一幕。

「南門蔚！妳做咩？個頭熱到黐線……」

眼前倒地的地上的她，雙頰火紅，額頭燙得如火燒一
樣滾熱，摸上去都會痛手。

「醒下呀喂，唔好死住……妳死咗我點返去？」

她氣若游絲問：「應承我一樣嘢……」

「係、係？」

「如果你拍拖前，我問你可唔可以陪我去食炸雞，得唔得？」

「得、得，咩都得！」

她苦笑：「我講笑，應承我，救呢度嘅人⋯⋯」

她閉上眼，我也閉上眼，一切變得漆黑，如像虛空。

對不起，我好像失敗了。

我赫然驚醒，便發現自己在一個水湖邊，四周只有一望無垠的綠萋萋草地、還有藍天白雲。

風吹得綠草低彎，清新的空氣讓我心身舒暢，深深吸了一口氣。

「我喺邊度？點解⋯⋯我唔係喺廟街㗎咩？」

我搔一搔頭，難道一切都只是一場夢？

肚腹傳來的痛楚提醒我剛才的不是夢，反是非常真實。

摸不着頭腦，完全不明白的我想走出這片草地，只是一直跑又跑，四周仍是草地，回望仍是一個湖。

望着高天，我嘆了一口氣。

「我係咪去咗蒙古……？」我問道：「點解會直接嚟咗呢度。」

「咳……」

一把甕聲甕氣的聲音從我身後傳出，我立馬回頭，只見一個蒼老年邁的老伯伯，長着純白色的長鬢，摸着自己的長鬍子，在湖邊釣魚。

咦，剛才有這個人？我怎麼會看不見。

我上前，但見那湖水碧綠清澈，能看到水底，水如明鏡平滑，沒有一點波紋，如人間仙境。

「八八，梨支刀這屎馳嗎？」我問。

「都係講你母語啦，我聽得明。年輕人，你喺度搵乜嘢呀？」

「我搵出路，咁伯伯你喺度做乜？」

「釣魚。」

「……咁呢度邊度？」

「呢度係我屋企。」

「你屋企？」

「係係係，應該問點解你會壓住我屋企？」

「我……唔明你到底講緊乜嘢。」我説。

「哈哈年輕人，你係正直，不過略嫌蠢咗啲。之但係大智若愚，好事好事，哈哈哈哈。」他仰天大笑道。

「原來我入咗青山。」我喃喃自語。

「咩話？」

「無……伯伯，我覺得你釣唔到魚。」我説。

「點解？」

「呢度根本無魚。」我説。

「係咩，唔覺喎，我咪釣咗上你嚟。」他説。

見他一副神秘莫測的樣子，我不禁説：「噢，你一定係神仙之類！係周公？」

「唔係。」

「觀世音！」

「唔係。」

「佛？」

「你睇我個樣邊忽似佛？」

「唉伯伯你不如講我知，我應該點走，我係同一隻殭屍打緊，但我都唔知點會嚟咗呢度，而家成個香港都好危險！殭屍入侵！」

「後生仔，你當你自己係英雄呀？」

「少少啦……」

他瞪住我，我馬上改口：「當然唔係，只係咁啱，責任落咗去我身上，蜀中無大將，我都唔想㗎。」

「後生仔我問你，你為咩而戰？為自己？為愛人？」

「我……呃……」

「做殭屍有咩唔好呀？」

「吓，做殭屍有咩好，畀人決定自己人生，同無存在過有咩分別？」

他又哈哈大笑，笑得手上的魚桿都在亂晃，真是一個喜歡笑的怪老頭。

「有趣有趣，果然係殭。」

「伯伯你知……噢……但其實唔關我事，只係我飲咗一個屍體嘅水，先變成咁，無咩大不了。」

「傻小子，飲屍水點會關事。」

「吓？但嗰個咩傲因係咁講㗎。」

「佢識咩，你要記住，你唔怕屍氣，只係因為你係一個真正有自由意志嘅人，你係自己選擇唔變成殭屍，呢種人萬中無一。」

「自由？我又唔係好覺我係……」

「世界好多災難都係從不自由而來。」

「咁伯伯你又錯。」

「哎，點解呢？」他驚喜地問。

「我話好多事都係太自由所致，自由咁想殺人、強姦、打人，呢啲唔會係唔自由囉。」

「有趣，但後生仔，你有無諗過，呢啲都係慾望，殺人係殺戮慾望、強姦係性慾望，呢啲人受制於佢嘅慾望，而變成慾望嘅奴隸，咁又係咪自由？」

「呃……」

「棄隸者若棄泥塗，知身貴於隸也，貴在於我而不失於變。且萬化而未始有極也，夫孰足以患心！已為道者解乎此。」

他説出一堆古文，完全聽不明白。

「你覺得保有自己天性重要，定融入社會重要？」

「當然融入社會但保有自己天性？」

他愣了半响，又哈哈大笑。

「哈哈好答案，你答應我，好好利用呀。」

「利用，利用咩？」

這時，本來湖中無一物，卻有一條小魚從小洞中竄出，老公公一下鈎上，這條魚是怪魚，被鈎上後身軀漸漸變大，忽然變化為大鳥，伯伯一跳上其背，牠一拍翼就飛上幾重天外，消失不見。

「喂，講一半唔講一半！頂你！」

「醒啦。」

一陣冰水涼過我的面，我幾乎要窒息，赫然驚醒，只見 AV 仁、呂子璇、呂嬋和馬仔站在我的面前，一面擔心。

「你無事嘛？」他們問。

「點解你哋會喺度？」我說。

「見你唔夠打咪過嚟囉。」AV 仁說。

原來他們收到我的電話後，聽話守在家中不出，之後一直在樓上留意我，見我被傲因轟出廟街，就冒着生命危險趕來救我，讓我免於被其他殭屍分屍。

「多謝我啦，唔係我你死咗好耐。」AV 仁說。

「吓話，頭先落樓邊個腳震震，話急到想賴屎？」呂子璇不屑地説：「係多得馬仔殺退啲殭屍，靠你？」

「我邊有瀨屎？嗰時係未熱身，熱咗身之後我背住佢跑咗幾遠呀。」AV 仁辯解。

「你放咗好多個臭屁，我完全聞到。馬仔，可？」呂子璇向馬仔求問，馬仔一臉面紅説：「嗯，女神你話咩就係咩。」

「女神？馬仔你真係要驗眼。」AV 仁説。

他們爭論不休時，只有呂嬅好心扶起我，説：「唔好勉強自己呀。」

「多謝呂嬅，唔會呀。」

「係呢，南門呢？」AV 仁忽然説。

我一時説不出話，他們也不再追問。

「係呀，頭先你暈咗，撞爛咗地下一座土地廟。而且發現你時，把驅魔劍爛咗啦。」他把斷開了兩截的青冥劍交給我。

「但你手上握住呢嚿嘢，把口係咁口噏噏。」他給了我一枝伸縮魚桿。

魚桿？

剛才不是夢？

我收好魚桿，站起身準備離開。

「喂，你仲要去？」AV 仁問。

「當然，我應承過人，同埋呢度係我屋企。」我說。

「韓壬辰。」

他們忽然抱着我，整整一分鐘之後，然後說：「小心呀。」

「知道。」

拜別他們後，我又重新回到廟街，剛才的傷痕竟全部消失不見，奇怪萬分。

此時，廟街比剛才多了一倍的殭屍，成了一隊隊，橫列街上，大概深夜臨近日出，這時黑得伸手不見五指，陰森可怕。

你問我怕不怕，我當然非常怕，正如你先前才給一個惡霸打得你滿身是傷，那你怕不怕他？不是怕，是怕得要死！只是越怕就越逼自己面對，我深吸了一口氣，高聲喊道：「喂！」

傲因正站在廟街牌坊上，轉頭過來，眼神充滿驚恐，見我仍站在街上，問：「點解，點解你仲未死？」

「梳呀！難死咗少少，可能你太細力，下次可以試下大力一啲。」我説。

「韓壬辰，你……」牠本是憤怒，後停了一秒，笑説：「你果然係有趣嘅人，點解唔接受加入我哋，接受長生不死？」

「唔使遊説我啦，無用㗎。」

「點解？」

「你唔明，永遠都唔明，因為……」

「因為不自由，毋寧死。」

　　我盡全力地跑，牠甫落地，我已纏上牠身邊，牠先發制人，我左手擋住牠的來爪，右手捉住牠的臂，牠轉手脫開，我們連連交拳數十招，風在我的耳邊颼颼而響，每一拳都快得肉眼難見，我完全是挑戰自己極限，徒手戰了十多回合，我們互捉住大家的手，雙方掙扎不已，勢均力敵。

　　「大力咗。」牠說。

　　「可能食咗飯。」我說。

　　「但係你得一個人，仲要無咗把劍。」牠笑說：「你輸硬。」

　　「輸你老母。」

　　「呯」一聲巨響，我用頭猛然撞擊牠的額頭，再來一下、兩下，雙方頭破血流。

　　「無用㗎。」牠身體的人頭在流動，哀鳴一聲，頓時氣力大增，掙扎開我的手，蓄全力一拳猛地擊在我的肚，將我打飛。

　　「唔夠我打，你得一個人，孤身一人，而我……背後、體內有好多人。」牠正想上前了結我時，忽然有傳出一聲反駁。

「邊個話佢得自己一個？」

頓時，本來死寂的廟街，擁出無數鬼魂，無頭的鬼、串燒店婆婆、保險鬼一一走出，回復百鬼夜行的都市之貌，數百隻鬼魂嚷叫：「我哋都忍得班屍耐，壬辰，我哋撐你㗎！」

「保護廟街！」

說罷，數百隻野鬼一同撲上，化成煙霧纏擾牠。

此時，鬼婆婆指着我袋中的魚桿，點一點頭。

我掏出魚桿，忽然魚桿搖震，同時地面震動不已，像魚桿有一條無形的魚線穿入地面，我用力一拉，發覺卡住不動。

「咁重嘅，啊！」我花盡吃奶的氣力也拉不出，卡着一點不動，心想死定了之時，AV 仁他們卻及時趕到，一同幫手拉桿。

「頂，見你咁嘅樣，我哋都忍唔住幫手。」

「多謝呀。」

說罷四人也一起發力，可是仍然不能拔出，其他鬼魂見狀也上前幫忙。

「一、二，二個半……」

「半你老尾，拉啦！三啊！」

齊集廟街眾人和眾鬼的全力，我們終於把一塊巨大的寒冰鉤出，頓時四周變得極為寒冷，如身處北極一般，溫度降至零點。

我手一摸巨冰，立時破裂，冰封裂後現出變成一把劍，那劍一蹴便覺寒意入心，久久未平，一會才適應，劍身呈皇室藍色、清徹如鏡、亮麗光滑，有寒氣繞劍身，柄上有細字寫着「易水寒」。

「相傳廟街地下有一嚿鎮魂冰，令呢度成為陰氣泉湧處，百鬼棲身地。」婆婆說。

我記得南門好像說過這個傳說。

「頂唔住啦！」忽然眾鬼大叫，他們支撐不住，傲因已闖過他們，來到我們面前。

「去死啦韓壬辰！」傲因大聲吼叫。

牠疾奔而來，我也全力衝去，二人相迎，牠左爪揮來，我揮劍而去，全身墨氣注劍，還是使出南門教的「颯沓流星」，蓄力疾刺，速度快如流星，眼前所有事物都變成光線，廟街的四周於我所經之處都結成冰塊，寒氣衝襲！

　　「啊！」

　　冰花六月寒！

　　「呼」的一聲，牠的爪僅離我的眼球半厘米，但寒冰劍已刺過牠的心臟。

　　「我唔明……」牠問。

　　「你多人但只係受你強勢威壓所逼，我嘅朋友係真正追求自由嘅人，你唔會明。」

　　森綠色的屍氣湧噴，無數的鬼魂急忙從牠的身軀竄走，街道上的殭屍也如失去頭腦一樣，面面相覷，一動不動。

　　這時東方發白，金黃色的煦光灑照廟街，頓感一陣溫暖，我嘆了一口氣，只覺眼前發黑，頭腦發昏，便暈了過去。

夜晚的廟街繁華熱鬧，人來人往，攘來熙往，小販叫賣聲不絕。

「先生……先生，嚟唔嚟睇相？」占卜檔一個大叔喊着：「睇相埋邊、埋邊。」

「塔羅、星相呢邊。」第二檔一個女人叫道。

只是路過的人都來去匆匆，沒有人停下。

「唉，自從香港大亂之後，少咗好多人睇相。」那大叔對那占卜女人嘆道。

「鬼咩，咁多人死喺度，大家都實際咗好多，唔信鬼神呢啲。」

「唉都唔好講，好彩啲怪物唔識襲擊人咋，唔係香港都亂到七彩，嗰日我留喺屋企，死都唔落樓，聽講陳師奶帶住佢成家落樓，變晒殭屍，陰功囉。」

「話時話你有無識嘅人變咗殭屍死咗？」女人細細聲問。

「我就無，聽過嗰日唔少人咁做，幾萬人左右啦，自甘墮落。」男人說。

「好彩香港無畀佢哋玩殘咋，大部分人都有骨氣。」她說。

「唉，總之生意差就係啦。」他點了一枝煙，深深吸了一口，呼出煙氣道。

「我哋生意差都一日仲有一兩單，你睇下隔離嗰檔先慘，日日拍烏蠅。」

「隔離嗰檔唔係個後生靚女咩？點解會變咗呢個後生仔。」

「九成九轉咗手，但佢就慘啦，日日坐成日，精神病咁畫畫畫。」

我坐在檔口的椅子上，睡意來襲，一邊打着呵欠，一邊抄寫符文。雖是睏蟲上腦，但耳朵還是聽到他們的竊竊私語，他們自以為說得細聲我不知道，其實我每一字每一句都聽得清清楚楚。

其實廟街，不時都有些大叔在高歌尹光，讓我精神又為之一振，不然沉悶的生活很辛苦。

忽然，有二十多歲的一個男人站在檔前，身裝傳統道士服，像極出殯時破地獄的師傅。

「韓壬辰少保？」他説。

「你係？」

「我叫小發，北區嘅驅屍工會，有事相求。」

十多分鐘後，我跟他進了一間座落舊區、殘舊破爛的戲院，準備觀看一場電影。

我們坐在電影院的最後一排，此時將臨深夜，午夜場的人數不減，幾乎坐滿每一行，全院滿座，好不熱鬧。

「今次真係麻煩你幫手。」他點點頭説。

「唔緊要，多謝你場戲就真，要你陪我睇。」我吃着爆谷説，反正一段時間沒有看過電影，就當是放鬆一下。

「我應份嘅，之後麻煩到你幫手，可惜南門僕射唔喺度，唔係都唔會麻煩到你。」他説。

「唔使客氣，但點解你北區嘅事會搵到嚟廟街嘅我幫手？」我問。

小發這次前來，是因為幾日後要到大埔猛鬼橋驅魔，但因數目繁多，怕力有不逮，便來請求我的幫忙，我一口答應，作為報酬就請我看一場電影。

「你知啦，而家出面好亂，自從大戰之後，工會要清理全港殭屍，人手已經好唔夠。我點敢向其他工會求人手，何況你殺咗傲因，係英雄，向你請救都係吸取經驗。」

「唉，乜說話。」

「何況，工會而家都四分五裂。」

「噢？」

「因為其實殭屍入侵呢件事，工會背後係好多內鬼幫助，想請屍入關，就係『屍派』，覺得香港淪陷，工會先會多工作、受尊重。呢件事激起兩派鬥爭激烈化，唔少『屍派』嘅人都被揪出，而家亂成一團。」

「呢啲工會政治鬥爭真係亂，我完全唔明。」

「總之你今次殺咗傲因，打亂咗『屍派』計劃，就係大英雄啦。遲啲仲要你幫手。」

「好好好，無問題。」

此時，溫度寒冷，冷得我手腳抖動，我不禁問：「嘩……呢間戲院都幾凍。」

「係咩？戲院冷氣就不嬲凍㗎啦。」他不以為然。

「但……」

燈光熄滅，全院歸暗，大螢幕燈光調亮，開始播起廣告來。

「你頭先話『屍派』，咁咩區會最多？」我趁電影還未開始時問。

「北區。」他語氣淡然的道。

我皺皺眉頭，心裏打了一個冷顫。

「韓壬辰少保，你知唔知道，工會嘅人唔係個個都有工開，如果天下太過太平，咁捉屍人點生存？」

「或者轉行？」

「你哋啲身處廟街鬧區嘅，點會明冷清地方嘅痛，所以先有『屍派』存在。」

「小發，你係『屍派』，係咪？」

他輕笑一聲，算是沉默。

此時，電影廣告播畢，大螢幕出現一部古舊的電視機，那電視機只是播着雪花，發出茲茲聲，吵耳難聽。

「咩電影嚟……」

然後，出現一個長髮披面的白衣女子的身影，漸漸從大螢幕裏，越爬越近……越爬越近……

「韓少保，我無同你講，我最拿手係養鬼，用鬼做武器。」在電影院青白的燈光照射下，他露出蒼白詭異的笑容，令人心寒。

這時，全戲院的百多個觀眾的頭都同時間180度扭轉，以白色的眼睛瞪着我。

「咁睇嚟我中咗伏。」

他們全部人一哄而上，來不及抽出武器，我已被他們眾人重重按着手腳，鎖住我的動作。那個長髮披面的白衣女子走近我，露出破爛的面，笑住用腐爛的手撫摸我的面。

「係肉體……」她說。

「好快佢屬於你。」小發說：「怪就怪你太蠢太易信人，幾勁都好，太天真就係天真，就算係殭都不外如是，都好，殺咗殭就當替天行道。」

尾章

「等等等等，你知殭係咩？」

「當然，咪就係擁有自由意志嘅人，相傳係可以吸取屍氣嘅力量，但唔變成殭屍，帶領人類抵抗殭屍，但同時傳說，殭都係會毀滅呢個世界嘅人。」

「毀滅世界？」

「你都係去死啦！」

他掏出小刀，想割去我喉嚨之時，一張黃符飛出，爆出藍光，震得他的刀落地。

門口，長髮披肩、白衫短裙的年輕女子，她說：「唔記得叫你提防佢。」

「妳唔係喺醫院咩？」我問。

「南門蔚？」

「因為有人太蠢我放心唔落，驚佢拆我檔嘢，所以要提早出院。」說罷，她抽出一張符，結出手印，唸道：「靈、鏢、統、治、解、心、裂、齋、禪。」

地上浮現一個圓形法陣，冒出一隻神相兇惡的天狗，提着燈籠，繫着一條飄浮的白色絲帶，身穿五彩顏色的和服，手長持刀，揮一揮手就捲走長髮女鬼和全戲院鬼魂，回到陣中。

餘下小發孤身一人，他沒想到自己所有的鬼仔一下消失，低估了南門蔚的法力，嚷道：「我……我會返嚟報仇㗎！」然後衝出戲院。

「使唔使追？」我問。

「唔使啦。」她説：「佢有排先搵得返啲鬼。」

「估唔到工會都有人報仇。」

「唔止工會，香港經過今次，殭屍佢哋都一定會報復，只會派更多比傲因高等嘅殭屍嚟。」

「仲有高級啲？」

「多的是。」她説。

「但妳好返晒啦咩？」

「關你咩事？」説罷，她頭也不回地走出戲院。

我急步追上，在漆黑的街道裏，她步速甚快，我好不容易追上，問：「喂，食唔食嘢？」

「咩？」

「Jollibee。」

「點解？」

「妳之前講嘅⋯⋯」我模仿她的語氣和聲音說：「『啊⋯⋯壬辰⋯⋯如果你，你拍拖前，可唔可以陪我去食炸雞喔，耶〜』」

她兩頰一紅，活像熟透的蘋果一樣，大力打了我一下，道：「我邊有你咁樣衰！唔准醜化我啊！」

「好啦好啦，咁我哋去食炸雞啦？妳講到我哋未來仲有咁多殭屍要對付，唔食飽邊有力打。」

「我而家唔想同你食啦喎。」

「吓，真係？」

「係。」

「真係？」

「係啊！」

「咁好啦，我同子璇食。」

她毫不留情地打了我一下，說：「你試下！」

「咁妳同我食。」

「唔食。」

「諗清楚嘅。」

「好清楚！」

「咁妳幾時會同我食。」

「考慮下，可能一百年後。」

「啊，唔係呀？而家食啦！」

「唔食呀！喂呀，唔好追住我！」

月亮光光照地堂，兩個人影在漆黑街道上你追我逐纏成一團。

尾章

遠方正有無數不同顏色的眼睛覬覦着這地方。

月亮光光，小心廟街有殭屍。

— 第一季完 —

廟街有殭屍
ZOMBIES IN TEMPLE STREET

作　　者　　西樓月如鈎　　責任編輯　　賜民
出版經理　　Venus　　　　設　　計　　joe@purebookdesign

出　　版　　夢繪文創 dreamakers
網　　站　　https://dreamakers.hk
電　　郵　　hello@dreamakers.hk
facebook & instagram　@dreamakers.hk

香港發行　　春華發行代理有限公司
　　　　　　香港九龍觀塘海濱道 171 號申新證券大廈 8 樓
　　　　　　電話　2775-0388　　傳真　2690-3898
　　　　　　電郵　admin@springsino.com.hk

台灣發行　　永盈出版行銷有限公司
　　　　　　台灣 231 新北市新店區中正路 499 號 4 樓
　　　　　　電話　(02)2218-0701　　傳真　(02)2218-0704
　　　　　　電郵　rphsale@gmail.com

承　　印　　美雅印刷製本有限公司
香港初版一刷　　2021 年 7 月
ISBN: 978-988-79895-1-6
Published and Printed in Hong Kong　香港出版 版權所有 翻印必究

定價 | HK$98 / TW$490
上架建議 | 流行小説
©2021 夢繪文創 dreamakers・作品 22

夢繪文創

dreamakers